Uwe Drewes

Kommissar Hansens *3.Fall:*

„Eklat am FKK"

Oder - „Nackte Tatsachen"

Roman

Dieser Roman ist eine Fiktion. Personen und Ereignisse sind reine Erfindungen. Das gilt auch dann, wenn hinter den Romanfiguren Urbilder erkennbar sein sollten

Uwe Drewes

Horst/Holstein

 im Dezember 2021

© 2021, Uwe Drewes
Herstellung und Verlag: BoD – Books on
Demand, Norderstedt
ISBN: 9783755770084

1. Urlaub

Horst Hansen starrte auf seinen großen Kaffeepott. Er war nun seit fünf Jahren verheiratet. Sein 50. Geburtstag stand vor der Tür. Nicht dass er seine Entscheidung, Conny zu heiraten, bereut hätte. Cornelia war nicht nur eine sehr attraktive Frau, sie war auch klug, liebevoll und umsichtig. Doch heute merkte er wieder, dass er kein freier Mann mehr war. Soweit man überhaupt frei sein kann. Auch als lediger Mann war er Bedingungen und Zwängen ausgesetzt gewesen, die seine persönliche Freiheit einschränkten und ihn nicht selten sogar bestimmten. Er beneidete jene schlichten Gemüter, die schon von Freiheit reden, wenn sie das Cabrio öffnen oder mit dem Motorrad fahren können. Was macht frei? Wind im Haar, ne! Nein Hansen ging es nicht um eine philosophische Diskussion über den Freiheitsbegriff. Er war Cop und kein Philosoph. Hansen war sauer, weil Cornelia ihren Urlaub auf dem Darß verbringen wollte. Mit Widerwillen stellte er sich die vollen Strände und Restaurants vor. Gar nicht zu reden von Sturm und Regen. Hatten sie es zu Hause nicht viel schöner? Sie besaßen eine großzügige Villa in traumafter Lage. Zum Waldrand waren es nur wenige Schritte. Ihr Sohn Ole hatte auf ihrem parkähnlichen Grundstück alles, was ein kleiner Abenteurer so braucht. Sogar einen teuren Pool hatten sie sich gegönnt.

Sein Schweigen wurde Cornelia nun doch zu bunt. Betont laut setzte sie ihre Tasse auf den Tisch: „Kannst du bitte mit mir reden! Kommst du nun mit oder nicht?" Genau das war es, was Hansen so nervte. Sie wollte nicht einen gemeinsamen Standpunkt zum Thema Urlaub beraten, sondern sie erpresste ihn. Für ihn kam es überhaupt nicht in Frage, ohne seinen Sohn Urlaub zu machen. Durch seinen Job als Kripokommissar hatte er wenig Zeit, sich um den niedlichen Jungen zu kümmern. Deshalb wollte er auf jeden Fall den Urlaub mit ihm verbringen. Das war ihm sehr wichtig.

Sie zanken sich nicht zum ersten Mal, wenn es um dieses Thema ging. Aber heute wollte sie es wissen. Sie drückte ihm die Pistole auf die Brust. Hansen löste seinen Blick von der Kaffeetasse und fixierte einen imaginären Punkt an der Decke: „Wenn du das so zugespitzt formulierst, bleibt mir keine Wahl. Ich werde im Urlaub nicht auf Ole verzichten."

Cornelia fiel im spontan um den Hals: „Ach, das freut mich aber. Ich hole gleich unser Zelt vom Boden. Es liegt da schon seit 12 Jahren. Hoffentlich haben es nicht die Mäuse angefressen." Hansen traute seinen Ohren nicht. Hatte die eben tatsächlich von einem Campingurlaub gesprochen? Das kam nun gar nicht in Frage. Barscher als er wollte sagte er: „Das kannst du dir abschminken. Ich mache ganz bestimmt keinen Zelturlaub."

Cornelia Hansen spürte, jetzt wurde es ernst. So einfach wollte und konnte sie aber nicht nachgeben: „Camping ist total schön. Ich bin mit meinen Eltern immer Zelten gewesen. Du wirst sehen, wie toll das für Ole ist. Er kann immer draußen spielen mit den anderen Kids. Das Regenbogencamp von Prerow liegt idyllisch in den Dünen. Direkt am Meer. Da ist sogar FKK erlaubt. Das ist so easy und die Camper sind alle so nett und gesellig."

Cornelias Argumente bewirkten bei ihrem Mann das Gegenteil. Sein Testosteronspiegel nahm bedrohlich zu. Er war kurz vor einem seiner gefürchteten Wutausbrüche. Dann hatte er keine Selbstkontrolle mehr über das, was er sagte und tat.

Ole hatte mit seinen vier Jahren nicht alles verstanden. Das Thema Camping interessierte ihn aber schon. Er kletterte auf den Schoß seines Vaters und fragte: „Papa was ist Effkacke." Diese einfache kindliche Frage entschärfte mit magischer Kraft die Ehekrise. Beide Eltern prusteten los. Horst Hansen gab seinem Jungen einen Kuss und sagte: „FKK ist nichts mit Kacke. FKK ist, wenn du, Mama, Papa und alle anderen Leute nackig sind." Ole fing an zu weinen: „Die anderen Leute sollen meine Mami nicht nackig sehen. Das will ich nicht!"

„Huck, ich habe gesprochen", Hansen strahlte vor Stolz, „wollen wir ihm doch zeigen, wie seine lieben Eltern einen Kompromiss finden. Wir fahren nach Prerow, aber nicht zum Camping. Wir nehmen uns eine Ferienwohnung oder ein Ferienhaus. Da müssen wir uns nicht vor allen Leuten nackig machen. Punkt!"

Welche Mutter hätte vor diesem doppelten Charme ihrer Männer nicht kapituliert. „Einverstanden, ihr Burschen, ich gebe mich geschlagen."

Kurzfristig eine freie Ferienwohnung an der Ostsee zu bekommen war so gut wie aussichtslos, zumal Cornelia auf Prerow bestand. Wegen der Erinnerungen an die Ferien mit ihren Eltern. Es sei denn, man hatte viel Glück. Und das Glück war der kleinen Familie hold. Ein Stammgast war erkrankt, deshalb konnte sie eine Erdgeschosswohnung mit Terrasse anmieten.

Nun gehörte Horst Hansen nicht zu den Weltmeistern im Verreisen. Auch in dieser Hinsicht war er kein typischer Deutscher. Er verbrachte in der Regel seinen Urlaub in Hamburg. Oder besuchte seinen Freund in Amsterdam. Doch im Unterschied zu seiner Frau besaß er praktische Erfahrungen in der Nutzung von Ferienwohnungen. Als es um das Kofferpacken ging, passte bei ihm alles in seine Reistasche mittlerer Größe. Was Cornelia einpackte interessierte ihn nicht. Er war deshalb sehr überrascht, als er seinen Citroen XM beladen wollte und vor einem großen Haufen Koffern und Taschen stand. „Was um alles in der Welt ist da drin", fragte er erstaunt, „wir wollen doch nicht auswandern sondern zwei Wochen Urlaub machen." Er öffnete einen großen Karton, der vom Transport eines Fernsehgerätes stammte. Ungläubig starrte er hinein. Er zählte auf: „Töpfe, Elektrogrill, Besteck, Geschirr, Kaffeemaschine – warum willst du das alles mitschleppen? Ich glaube, das alles ist schon vorhanden. Moderne Ferienwohnungen sind besser ausgestattet als manche Küche." Cornelia blickte ihn skeptisch an: „Glaubst du, oder weißt du? Warst du schon mal dort? Ne, sicher ist sicher. Es soll uns ja an nichts fehlen."

„Ich jedenfalls nehme das nicht alles mit, das passt auch gar nicht in meinen Kofferraum." „Dann nimm doch einen Hänger, haben meine Eltern früher auch gemacht. Wir hatten zwar nur einen Trabbi, aber mit Hänger konnte man damit umziehen." Just in diesem Augenblick kam Ole mit seinem Lieblingsspielzeug angefahren, einem Aufsitztrecker mit Hänger. Den wollte er unbedingt mitnehmen und fing an zu plärren, als sein Vater sich weigerte, diesen Wunsch zu erfüllen. Horst Hansen sah nun die Zeit für gekommen, ein Machtwort zu sprechen: „Alles hört auf mein Kommando. Dieses Auto ist jetzt unser Schiff. Mit dem gehen wir auf eine gefährliche Abenteuerfahrt. Ich bin der Kapitän und damit der Bestimmer. Töpfe und Trecker bleiben hier. Sonst überladen wir das Schiff und gehen unter."

Ole brüllte so laut, dass er rot anlief. Hansen kapitulierte. Er holte aus dem Keller die Dachbox und verstaute einen großen Teil der Koffer und Taschen darin, damit der Trecker in den Kofferraum passte. Allerdings ohne Hänger. Dafür gab ihm Cornelia einen feuchten Schmatz.

Als Hansen endlich losfuhr, beschlich ihn so ein schönes Gefühl von Behaglichkeit. Er mit Kind und Kegel an die Ostsee. Früher unvorstellbar. Höchststrafverdächtig!

Aber jetzt war er glücklich. Er drehte sich um, seinen Sohn anzuschauen. Der war vom Treckerkampf müde und schlief selig. Der Rotz lief ihm aus der Nase.

Gegen den Widerstand Cornelias wählte Hansen für die Hinfahrt die Autobahnroute über den Berliner Ring. Cornelia wollte, wie früher mit ihren Eltern, die kürzere Strecke über Wittenberg und Plau am See fahren. Hansen ging diesmal nicht auf ihre nostalgischen Wünsche ein, sondern fuhr hinter Magdeburg auf die Autobahn A 2 . Dabei knurrte er nur etwas von schnellem Wagen und mehr Sicherheit auf der Autobahn. Kaum dass er seinen Willen durchgesetzt hatte, tat ihm seine Frau auch schon wieder leid.

Es war nun mal so, dass sie in unterschiedlichen Ländern aufgewachsen sind. Jeder, der meint, eine gemeinsame Sprache würde per se eine gemeinsame Lebensweise hervorbringen, irrt sich gewaltig. Nach seiner Erfahrung hatten die Westdeutschen mehr Gemeinsamkeiten mit den Franzosen und Italienern als mit den Ostdeutschen. Seine Frau trug in sich die Erinnerung an die Fahrt mit dem Trabant ihrer Eltern an die Ostsee. Und das viele Jahre lang immer wieder. Horst Hansen dagegen hatte mit seine Eltern die Welt von Dänemark bis zu den Malediven bereist. Irgendwie wollte er die Enttäuschung seiner Frau wiedergutmachen. Er hatte eine Kassette mit Kinderliedern von Reinhard Lakomy besorgt. Sie trugen den Titel „Traumzauberbaum". Er hörte sie zum ersten Mal. Cornelia war sprachlos. Das hatte sie nicht erwartet.

Verzaubert lauschte sie den bekannten Liedern. Das Küsschenlied mochte sie besonders gern. Leise sang sie den Refrain mit: „Guten Morgen, guten Morgen die Nacht ist verronnen. Guten Morgen, guten Morgen, der Tag hat begonnen." Gerührt drückte sie Hansens Hand: „Das war das schönste Geschenk für mich seit langem."

Eine laute Stimme holte sie aus ihren Träumen „Wann sind wir da?" „Mensch Ole", Hansen musste lachen, „das ist wohl die häufigste Frage aller Kinder." Cornelia lachte: „Und wie ist die Antwort?" Und beide mit einer Stimme: „Bald, nur noch drei Stunden." Ole quengelte: „Ist drei Stunden lange?" Hansen versuchte ihn zu beruhigen: „Nein, nicht lange. Bald kannst du an der Ostsee eine Strandburg bauen." Ole reagierte mit Heulen: „Ich will nach Hause, Ich will nicht mehr Auto fahren." Cornelia versuchte es mit einem altem Hausmittel ihrer Eltern. Sie begann Kinderlieder zu singen, die Ole aus dem Kindergarten kannte. Aber Ole war schon wieder eingeschlummert. Die Harmonie breitete sich erneut im Citroen XM aus, der etwas schneller als erlaubt über die Autobahn rauschte.

Hansen konnte sein Versprechen von drei Stunden Restfahrzeit fast einhalten. Endlich erreichten sie die Ostsee. Cornelia versuchte sich als Reiseleiterin: „Liebe Urlauberinnen und Urlauber. Wir erreichen soeben die Halbinsel Fischland – Darß – Zingst. Die beliebte Ferieninsel hat eine Länge von 45 Kilometern. An der schmalsten Stelle ist sie nur 500 Meter breit." Hansen wusste das nicht: „Echt, nur 500 Meter breit? Kann diese schmale Stelle nicht bei einer Sturmflut überspült werden?" Cornelia erfreut über das Interesse: „Und damit das nicht passiert, wird die Küstenlinie hier ständig kontrolliert und befestigt. Denn das Fischland ist eine Wasserabtragungslinie. Der hier von der See geschluckte Sand wir weiter östlich am Großen Werder angespült." Hansen fand das interessant: „Warum sprichst du immer vom Fischland? Die Insel heißt doch Darß, oder?" Cornelias Antwort kam wie aus der Pistole geschossen, hier kannte sie sich aus: „Im allgemeinen Sprachgebrauch sagt am schon Darß, korrekt ist das aber nicht. Die Halbinsel besteht aus drei Teilen, dem Fischland, dem Darß und dem Zingst." Hansen fragte weiter: „Und was bedeutet Zingst?" „So viel wie Heuinsel, der Name kommt aus dem slawischen Zeno", antwortete Cornelia nicht ohne Stolz auf ihre profunden Kenntnisse. Hansen lachte leise: „Donnerwetter, was habe ich doch für eine kluge Frau. Wenn du mir jetzt noch sagen kannst, was Darß bedeutet, spendiere ich dir heute Abend ein Essen beim Italiener." „Kein Problem", Cornelia klatschte in die Hände, „ auch dieser Name hat slawische Wurzeln. Er geht auf das slawische Wort für Dornenstrauch Draci zurück, was so viel bedeutet wie Dornenort."

Währenddessen hatten sie den Ortsrand von Prerow erreicht. Die Hausverwaltung konnte man gar nicht verfehlen, lag sie doch direkt an der Hauptstraße. Cornelia atmete erleichtert auf, denn Hansen weigerte sich konsequent, ein Navigationsgerät zu benutzen. Nach seiner Meinung waren diese modernen Dinger nichts für echte Männer. Ein richtiger Mann findet sein Ziel auch ohne. Für Cornelia erwuchs aus diesem Starrsinn immer wieder Stress. Denn Hansen fragte nie nach dem Weg. Das war unter seiner Würde. Er kurvte lieber ewig durch die Gegend, bis er sein Fahrziel endlich gefunden hatte. Aber hier und heute war das nicht nötig. Der Citroen bekam bei der Hausverwaltung sogar einen Parkplatz.

Cornelia war vor Freude sehr aufgeregt. Endlich wieder in Prerow. Sie musste der Dame in der Anmeldung unbedingt berichten, wie gerne sie mit ihren Eltern hier Urlaub gemacht hatte. Die Frau zeigte kein Interesse an Cornelias Erinnerungen. Sie legte die Schlüssel auf den Tresen und sagte: „Sonnenhof, Haus D, Wohnung rechts im Erdgeschoss. Schönen Urlaub. Abreise bitte bis 10.00 Uhr."

Im Auto dampfte Cornelia vor Empörung: „So was Maulfaules, nein aber auch. Die hätte ruhig netter sein können." Hansen grinste: „War sie doch. Norddeutsche reden nicht so viel. Nett heißt für sie nicht viel sabbeln sondern wenig reden. Je weniger man redet, desto vertrauter ist man miteinander, weiß der andere doch auch ohne Worte, was man denkt und fühlt."

Cornelia sah ihren Mann misstrauisch von der Seite an. Warum wusste sie nie, ob er sie verarschte oder es ernst meinte. Hansen bemerkte ihren Seitenblick, schwieg aber. Er trat auf die Bremse und murmelte in seinen imaginären Bart: „Bitte alle aussteigen. Ihr Sonderzug fährt soeben in den Hof der Sonne ein."

Cornelia blickte sich misstrauisch um. Das hier sollte nun besser sein als der Zeltplatz? Das musste sie erst noch überprüfen. Ole quengelte: „Ich muss mal groß." Da musste sie reagieren, keine Zeit mehr für Vorbehalte. Sie griff die Hand ihres Sohnes und marschierte erhobenen Hauptes in ihre Ferienwohnung. Hansen folgte ihr auf den Fuß. Das Gepäck ließ er auf dem Parkplatz stehen. Er wollte dabei sein, wenn seine Conny zum ersten Mal in ihrem Leben eine moderne Ferienwohnung betrat. Genugtuung erwartete er, wenn sie auf den Luxus reagierte.

Doch statt Begeisterung hörte er sie rufen: „Igitt, das ist doch wohl die Höhe. In diesem Schweinstall bleibe ich keine Minute länger, igitt, igitt. Überall Schmutz und Schimmel." Hansen fühlte, wie sich sein Magen zu drehen begann. Was war nun schon wieder los. Er öffnete die Badezimmertür, um sich über den Grund der Protestschreie zu informieren. Ole saß auf dem Klo und baumelte mit seinen Beinchen. Conny kniete auf dem Boden und zeigte mit dem Zeigefinger der rechten Hand auf die geöffnete Dusche. „Siehst du den Dreck, den Schimmel und was weiß ich sonst noch was?" Hansen kniete sich nun ebenfalls auf den Boden und versuchte angestrengt, die Unsauberkeiten zu entdecken. In der Tat, ganz sauber war die Dusche nicht. Aber auch nicht schlimmer als es für intensiv genutzte

Urlaubsunterkünfte üblich war. Mein Gott, ist die pingelig. Das konnte er nicht durchgehen lassen. Die versaute ihm und dem Jungen noch den schönen Urlaub. Er nahm den Jungen auf den Arm, verließ das Badezimmer und sagte laut und deutlich: „Nun lass ma, ich kümmere mich später darum. Jetzt pack erst mal aus. Dann wollen wir alle gleich an den schönen Sandstrand. Du müsstest mir unbedingt noch deinen Campingplatz zeigen." Soweit, so gut. An dieser Stelle hätte Hansen schweigen sollen. Tat er aber nicht. Er fügte noch einen Satz an, der für den weiteren Verlauf des Urlaubs von nicht geringer Tragweite sein sollte. Er sagte noch: „Ich bin schon neugierig, wie die Toiletten des Zeltplatzes aussehen."

Conny schnappte ein. Wortlos leerte sie die Taschen und Koffer. Sie hatte keinen Blick für die umfangreiche Ausstattung der Ferienwohnung. Hansen hatte seinen Fehler bemerkt und bereute ihn. Er bemühte sich, die Stimmung aufzuheitern, indem er auf das eine oder andere in der Einrichtung aufmerksam machte. Aber weder der Geschirrspüler, noch der Kaffeeautomat oder die Mikrowelle fanden Connys Anerkennung. Schließlich war sie für den Strand angezogen und sprach kämpferisch: „Na dann, auf ans Meer. Wollen wir doch unserem feinen Westpinkel mal zeigen, wie hoch die Hygienestandards früher in der DDR waren."

Der Weg zum Strand war weder kurz noch lang. Er war so wie er war, ungefähr 500 Meter lang. Doch Conny stöhnte demonstrativ ein ums andere Mal. Es war sehr warm, die Badetasche drückte und Ole wollte nicht mehr laufen. „Der Zeltplatz liegt direkt am Strand", grummelte Conny, „da müssten wir keine Ewigkeit laufen." Hansen blieb auf der Holzbrücke zum Strand mit einem Ruck stehen. Er setzte Ole auf seine Schulter, nahm die Badetasche und sagte etwas lauter als angebracht: „Jetzt wollen wir allen Groll in den Sand eingraben. Dann gehen wir zum Zeltplatz, damit uns die Mami zeigen kann, wie schön es dort ist. Machst du mit, Ole?"

Conny lächelte gequält. Sie begriff, dass sie einlenken musste. Hansen hatte die Grenze seiner Belastbarkeit erreicht, das bemerkte sie intuitiv. Zum Glück lag hinter der kleinen Brücke schon der breite Strand und die kleine Familie konnte endlich ins erfrischende Wasser springen. Hansen baute mit Ole eine große Sandburg, der Groll wurde tief eingegraben. Die Stimmung wurde immer urlaubiger. Conny rekelte die üppigen Proportionen ihres Körpers in der Sonne, so dass Hansen sich schon auf den Abend freute. Er rückte näher an seine Frau heran. Fürs erste musste der Hautkontakt genügen. Alles war auf einmal so leicht und freundlich, die Sonne, der Strand, das Wasser. Dreifach gesegnetes Land, dieses Mecklenburg.

Aber Ole konnte die Situation noch nicht richtig einschätzen. Wie Kinder so sind, sprach er das aus was ihn bewegte: „Wann gehen wir zu Mamis Zeltplatz?" „Nö mein Freund", versuchte Hansen ihn abzuwimmeln, „heute nicht mehr, hier ist es doch sehr schön." Damit gab sich Conny aber nicht zufrieden. Sie bettelte: „Komm nur, ist doch nicht weit. Da werde ich bestimmt ein paar alte Freunde treffen."

Sie wartete Hansens Zustimmung nicht erst ab, sondern packte die Badesachen ein und ging mit Ole an der Hand los. Hansen trottete lustlos hinterdrein. Je näher sie dem Zeltplatz kamen, um so dichter wurde der Strand bevölkert. Conny war ganz aufgeregt und glaubte, den einen oder anderen zu erkennen. Sie rief und winkte einigen zu. Die Auserwählten grüßten zwar freundlich zurück, gaben aber nicht zu erkennen, dass sie Conny kannten.

Familie Hansen hatte inzwischen die Düne durchschritten und traf auf die ersten Wohnwagen und Zelte. Mit Interesse beobachtete Hansen einen nackten Mann, der unterm Bauch zwei Würstchen hatte. Eines hielt er mit der Zange, um es auf den Grill zu bugsieren. Das andere wohl besser nicht. Hansen stellte sich das vor und war einmal mehr davon überzeugt, dass er Nacktgrillen für ästhetischen Totschlag hielt. Das Gesicht des Nacktgrillers war vom Zelt verdeckt und nicht zu erkennen. Plötzlich kreischte Conny laut auf und wies mit der Hand auf den unverhüllten Nacktbereich des Mannes: „Aber das kann doch nicht wahr sein. Das muss doch der Heinz Otto sein."

Und nichts in der Welt, was sie jetzt noch hatte halten können. Sie stürmte ihrem nackten Ziel entgegen, wo ihr Erscheinen lautes Jubeln auslöste. Der nackte Kerl nahm

Conny in die Arme und rief laut die dämlichste aller Fragen: „Conny, was machst du denn hier?"

Hansen erkannte die Stimme sofort. Jetzt konnte er nicht einfach verschwinden. Notgedrungen gab er Heinz Otto die Hand und wollte danach seinen Rundgang rasch fortsetzen. Aber so nicht mit Kommissar Otto, das ließ er nicht zu. Er kratzte sich vor Aufregung und Freude am Sack und lud Familie Hansen zum Grillen ein. Conny war sofort einverstanden. Sie entledigte sich ungeniert ihrer Kleidung und zog Ole aus. Hansen beharrte auf sein Recht, eine angemessene Badebekleidung zu tragen. Für Heinz Otto und seine Freunde war das kein Problem, die Nudisten der DDR waren toleranter als ihr späterer Ruf. Niemand wurde gegen seinen Willen ausgezogen.

Conny setzte sich neben ihren Mann auf die Hollywoodschaukel. Ihr nackter Busen bebte. Freudig legte sie ihre Hand auf Hansens behaartes Bein. Hansen flüsterte ihr leise die ihn primär interessierende Frage zu, wie sie Otto erkennen konnte, da sein Gesicht doch verdeckt gewesen war. Conny lachte laut: „Na wir haben doch viele Jahre hier unseren Urlaub gemacht. Heinz und ich sind zusammen zur Schule gegangen. Seine kleine Mischbatterie würde ich unter tausenden erkennen. Hier", und dabei wies sie auf Ottos Bauch, „hier ist doch sein ovales Muttermahl. Es sieht aus wie ein O. Wir nannten es deshalb auch das Ottomal." Beinahe hätte sie in Ottos Intimbereich gegriffen, konnte sich zum Glück aber noch rechtzeitig bremsen.

Hansen gefielen diese intimen Kenntnisse seiner Frau nicht. Er wechselte schnell das Thema: „Kannst du mir erklären, wie sie diese Hollywoodschaukel von Thale nach Prerow transportiert haben. Die passt doch bestimmt nicht in deinen Mercedes?" Diese Frage gefiel seinem Kommissar. Er zwinkerte pfiffig mit den Augen und holte Luft zu einer ausführlichen Antwort: „Ne, mein lieber Hauptkommissar, mit dem Mercedes kann ich hierher nicht kommen. Dann reden die hier kein Wort mehr mit mir. Ich bin wie in jedem Jahr mit meinem guten alten Trabbi Kombi angereist. Wohlgemerkt ohne Hänger. Die Hollywoodschaukel ist Marke Eigenbau. Ich kann sie bis auf die Größe einer Aktentasche zusammenklappen. Soll ich es mal zeigen?" Doch gegen diese Absicht legte Conny Widerspruch ein: „Nein, bitte nicht. Ich brauche jetzt dringend einen kühlen Weißwein." Otto kam diesem Wunsch unverzüglich nach. Hansen genehmigte sich einige Flaschen Bier und einen guten Wodka. 100 Gramm.

Die Stimmung wurde immer gelöster. Ihre lautstarke Unterhaltung blieb von den Nachbarn nicht unbemerkt. Conny wurde gewahr, dass ihr attraktiver Ehemann den anderen Frauen zu gefallen schien. Zwei Frauen mittleren Alters versuchten, sich an der geselligen Grillparty zu beteiligen. Was unter Campingfreunden nicht unüblich ist. Die ungebetenen nackten Frauen spielten auf Hansens Badehose an. Keck fragten sie nach dem Grund seiner Bekleidung. Ob er etwas zu verbergen hätte. Heinz Otto war nicht in der Lage, doppelzüngige Bemerkungen zu erkennen und clever darauf zu reagieren. Er antwortete statt dessen ehrlich und nicht ohne Stolz: „Das ist mein Chef, Hauptkommissar Hansen. Er kommt aus Hamburg und ist mit unseren FKK – Sitten nicht vertraut."

„Oh, Hamburg", die nackte Blondine näherte sich Horst Hansen, „das ist ja aufregend. Kennen sie das Lied vom Hamburger Jung mit dem Tüdelband?" Hansen schien Gefallen an diesem Flirt zu finden. Er begann zu singen: „An der Eck steiht e Jung mit nem Tüdelband." Die nackte Blondine legte den rechten Zeigefinger auf seine Lippen und sang an seiner Stelle weiter:

„Hier am Strand sitzt ein schicker Mann mit Badehos.

Was er wohl darunter zu verbergen hat.

Ein Hamburger Jung hat was jeder andre hat.

Ganz egal ob es klein ist oder groß.

Klaun, klaun, die Hose woll'n wir klaun…."

Hier wurde sie von Conny unterbrochen. Sie kannte die beiden nackten Grazien und deren nicht vorhandenen sexuellen Grenzen: „So Brigitte und Monika, lasst es genug sein. Komm Horst, wir müssen dann mal los. Ich habe ja noch nicht mal die Koffer ausgepackt."

Hansen gefiel diese Situation, oh, und wie sie ihm gefiel. Endlich hatte er wieder Oberwasser. Er nahm die Hand seiner Conny und führte sie weg von dieser hemmungslosen Strandparty. Allerdings verzichtete er nicht auf seine Pointe: „Aber vorher gehen wir noch zu den Toiletten. Du wolltest mir doch noch einen Beweis für die hohe Qualität der DDR – Hygiene liefern." Und Heinz Otto und seinen nackten Gästen rief er zu: „Bis bald, ich bin schon gespannt auf das Schicksal der Badehose unseres Hamburger Jung."

Conny zischte ihn nur an: „Das vergiss man besser gleich. Die sehen uns nicht so bald wieder." „Schade", entgegnete Hansen, „euer FKK fing gerade an, mir zu gefallen."

Der Rückweg zum Sonnenhof fiel dem Harzer Dreigespann noch schwerer als der Gang zum Strand. Sie waren rechtschaffen müde. Hansen zeigte auf den Horizont, wo die Sonne im Meer zu versinken schien. Ole erlebte dieses Naturschauspiel zum ersten Mal. „Was passiert mit der Sonne, wenn sie ins Wasser taucht. Geht sie dann aus", fragte er seinen Vater. „Nein, mein Junge", antwortete Hansen gerührt, „die Sonne ist ganz weit weg von der Erde. Sie kann nicht ins Wasser fallen. Das täuscht nur, mach dir keine Sorgen. Morgen früh steht sie wieder am Himmel." Conny verfolgte diese Unterhaltung mit einem seligen Lächeln. Sie beschloss, ab sofort ihre Rolle als Urlaubshexe aufzugeben und die Zeit mit ihren beiden Jungs zu genießen. Hansen übernahm gerne die Aufgabe, seinen Sohn für's Schlafengehen fertig zu machen, Conny bereitete indessen das Abendessen vor. Es war schon beeindruckend, wie gut die Küche ihrer Ferienwohnung ausgestattet war. Nicht schlechter als ihre zuhause. Als die kleine Familie endlich auf der Terrasse Platz genommen hatte, funkelten schon die ersten Sterne am Himmel. Ole schlief schon beim Essen ein. Conny trug ihn liebevoll ins Bettchen. Dann kuschelte sie sich ganz eng an ihren schönen Mann und fragte: „Bist du glücklich und zufrieden?" Hansen fühlte, dass er jetzt keinen Spaß machen durfte. Sie verdiente eine liebevolle Antwort. Er nahm sie in seine Arme und küsste sie ganz, ganz sanft auf den Mund. „Ja", antwortete er, „glücklicher und zufriedener als mit euch war ich noch nie."

2. Fischbrötchen Mafia

Lange bevor Conny und Ole wach wurden, hatte die Sonne ihr Tagwerk begonnen. Hansen hatte Brötchen geholt und den Frühstückstisch auf der Terrasse gedeckt. Conny strahlte vor Glück: „Nein, das ist doch nicht möglich. Du bist ein Schatz." Und mit einem kessen Blick fügte sie hinzu: „Dann will ich dir mal vergeben, dass du gestern Nacht gleich eingeschlafen bist. Dafür hast du jetzt einen Wunsch frei." Hansen ritt wieder sein Teufelchen, er zog die Augenbrauen hoch: „Lass mich überlegen. Doch, ich weiß schon, was ich mir wünsche. Ich möchte nach dem Frühstück Heinz Otto und seine netten Nachbarinnen besuchen. Du musst nicht mitkommen, wenn du lieber was anderes unternehmen willst." Conny kreischte laut. Sie griff die Gießkanne und schüttete deren Inhalt Hansen über den Kopf. Der nahm die Herausforderung prustend an. Er lief ins Bad und kam mit einem Eimer Wasser zurück. Er wurde schon von Ole mit einem Wasserschlauch in der Hand erwartet. Eine herrliche Wasserschlacht begann. Ole sprang mit dem Schlauch quiekend hin und her. So blieb es nicht aus, dass auch die Nachbarn was abbekamen. Die nahmen das nicht krumm, sondern wehrten den Angriff mit Töpfen und Eimern voller Wasser ab. Als alle nass waren, konnte gefrühstückt werden. Zum Glück waren einige Brötchen trocken geblieben.

Conny wusste, was sich gehörte und stellte sich deshalb der Nachbarfamilie vor. Das in Kölln wohnende junge Paar war zum ersten Mal an der Ostsee von Mecklenburg-Vorpommern. Sie hatten einen Sohn in Oles Alter. Auch bei der Wahl der Nachbarn war den Hansens das Glück hold. Conny fühlte sich berufen, den Siebers die Besonderheiten und Vorzüge ihrer Urlaubsdestination zu erklären. „Der Darßer Urwald ist von einmaliger Schönheit", schwärmte sie, „ den müssen sie sich unbedingt anschauen. Rund 6000 Hektar unberührter Natur, wo findet man das sonst noch in Deutschland. Salz auf den Lippen, Sand unter den Füßen und Wind im Haar, einfach herrlich."

Manfred Sieber war überrascht davon, dass er auf dem Darß einen Urwald vorfinden sollte. Lachend fragte er, ob dort auch Löwen und Elefanten leben. Conny fühlte sich von dieser kleinen Provokation nicht beleidigt. Ganz im Gegenteil. Sie lud die Nachbarn zu einer Fahrradtour nach Ahrenshoop ein, immer durch den gefährlichen Urwald mit wilden Tieren. Hansen hatte dazu gar keine Lust: „Wie weit ist das denn?", nörgelte er, „wäre es bei der Hitze am Strand nicht schöner?" Manfred Sieber schloss sich umgehend dieser Meinung an. Aber die Frauen duldeten keinen Widerstand. Hansen stellte aber zur Bedingung, dass er sich ein Elektrobike ausleihen dürfe. Schließlich hatte er klein Ole im Schlepptau. Eine Idee, die Manfred Sieber sofort begeisterte.

Hansen war kaum hundert Meter in dem gepriesenen Naturwald gefahren, da hatte er schon die Schnauze voll. Der Darßer Wald war alles andere, nur nicht unberührt und romantisch. Von einem dichten Netz von Rad- und Wanderwegen durchzogen, wurde er von einer großen Urlauberzahl bevölkert. Eine wesentliche Quelle seiner Urbanisierung bildeten die E-Biker. Ihnen war kein Weg zu weit, kein Berg zu hoch und keine Geschwindigkeit zu schnell. Gnadenlos walzten sie alles nieder, was ihnen vor die Räder kam. Wanderer und Selbsttreter waren für sie störende Hindernisse, die sie laut wegklingelten. Die Zahl schwerer Radunfälle wuchs schneller als es dem Ruf des Urlauberparadieses guttat.

Von wilden Tieren war weit und breit nichts zu sehen. Lediglich Mücken gab es im Überfluss. Hansen, der seine Autanflasche im Auto vergessen hatte, war von den aggressiven Blutsaugern bevorzugt worden. Besonders unangenehm waren die Mückenstiche, die er sich beim Wasserlassen an seinem guten Stück zugezogen hatte. Auch sein   Hintern war von den tausenden kleinen

Plagegeisern nicht verschont worden, was das Sitzen auf dem harten Fahrradsitz auch nicht gerade erleichterte.

Und dann verweigerte der Akku des Leihrades seinen Dienst. Gerade, als sie den Wald verließen und die letzten Kilometer bis Ahrenshoop auf dem schmalen Deich gegen den Westwind anstrampeln mussten. Hansen platze fast vor Wut. Sein Groll entlud sich gegen einen kleinen Radfahrer mit selbstgebautem Hänger, der stoisch in Hansens Windschatten fuhr. Wenn Hansen, den diese Trittbrettfahrerei nervte, schneller fuhr, um ihn abzuschütteln, fuhr der Angehängte ebenfalls schneller. Fuhr Hansen langsamer, die gleiche Reaktion. Selbst als er anhielt, konnte er seinen Mitfahrer nicht abzuschütteln, denn der blieb gleichfalls stehen. Hansen wollte den Konflikt gewaltfrei beseitigen und sprach den kleinen, dünnen Radfahrer barsch an: „Hör mal zu, mein kleiner Arschklemmer, entweder du bezahlst mir meine Leistungen als Windschattenmacher, oder du hältst ab sofort hundert Meter Abstand zu meinem Rad. Sonst trete ich dir in die Eier, dass du den Rest deines Urlaubs im Stehen radeln musst." Der so gescholtene Mann antwortete im reinsten Sächsisch: „Na mei Gutester, das will ich aber erleben wollen. Du Wessi triffst hier auf einen Freiheitskämpfer aus Leipzig. Wir haben doch nicht umsonst bei den Demos gerufen, ‚Mir sind das Volk'. Mir lassen uns doch von einem Wessi nicht das Recht auf Freiheit beschneiden. Dein Windschatten gehört nicht dir, sondern allen. So wie der Wind überhaupt und auch der Regen und die Sonne. Was wäre dein Schatten ohne Wind, nu sprich, oder hat es dir die Klappe vernagelt."

Hansen konnte nicht mehr. Er musste laut und lange lachen. Der kleine Sachse wurde dadurch nicht beeindruckt, sondern sabbelte immer weiter. Hansen brachte die Sache zum Ende. Nicht, indem er in die sächsischen Weichteile trat, sondern indem er die sächsischen Ventile aus den Rädern des Hängers entfernte. Der kleine Sachse war nun doch beeindruckt. Er hielt lieber seine sächsische Zung im Zaun, und erst als zwischen ihm und Hansen ein ausreichender Sicherheitsabstand war, brüllte er Hansen hinterher: „Du feiger Lump, warte wenn ich dich erwische. Ich bin nicht allein, wir sind viele und Einichkeit macht stark."

Manfred Sieber hatte diese Auseinandersetzung schweigend verfolgt. Er sagte freundlich: „Bei allem Verständnis für deine Verärgerung, aber das war eben Sachbeschädigung unter Androhung von Gewalt. Ich bin Richter, eigentlich müsste ich dich deswegen belangen. Was machst du denn beruflich?" Hansen zuckte nur mit den Schultern: „Ich leite eine Mordkommission im Vorharz. Du kannst mich ruhig belangen, meine Vorgesetzten kennen sowas schon." Jetzt musste Sieber doch schmunzeln: „Na dann, du bist es wohl gewohnt, dich durchzusetzen. Und ich habe Urlaub. Richter bin ich für den Rest des Jahres. Hier und jetzt bin ich nur Mensch."

Conny und Constanze Sieber waren vorausgefahren und hatten am Ortseingang von Ahrenshoop auf die Männer gewartet. Sehr zur Freude ihres Mannes hatte Conny den Fahrradverleih angerufen, ein neuer Akku war bereits unterwegs. Hansens Stimmung hellte sich weiter auf, als er den prächtigen Sandstrand von Ahrenshoop sah: „Mein lieber Schwede, Conny, warum hast du uns nicht hierher vermittelt. Der Ort ist doch viel schöner als Prerow." „Aber leider ständig ausgebucht", entgegnete Conny trotzig, „außerdem möchte ich in diesem Bonzenkaff nicht meinen Urlaub verbringen." Jetzt machst du mich aber neugierig", Constanze Sieber sah sich fragend um, „ was verstehst du unter einem Bonzenkaff?" Conny wurde ihre Wortwahl peinlich. Sie entschuldigte sich: „Ahrenshoop ist nicht nur wegen seines wirklich schönen Sandstrandes bekannt. Dieses Fischer- und Matrosendorf machte sich an erster Stelle als Künstlerkolonie einen Namen. Der bekannte Maler Paul Müller-Kaempf entdeckte vor hundert Jahren diesen idyllischen Flecken und zog einige Malerkollegen nach. Ausstellungsräume entstanden mit der Bunten Stube und dem Kunstkaten. Später, in der DDR, gesellten sich Schriftsteller, Schauspieler, Musiker und andere privilegierte Kulturschaffende dazu. Vervollkommnet wurde diese elitäre Ansammlung durch Spitzenfunktionäre der DDR. Daher die Bezeichnung Bonzenkaff. Sie haben hier ihre Datschen gebaut. Natürlich war und ist das nicht alles. Die Bonzen konnten die Schönheit dieses Ostseebades nicht verunstalten."

Die kleine Radlergruppe hatte inzwischen den Ort durchfahren. Constanze wies auf eine kleine Anhöhe mit reetgedeckten Häuschen hin: „Das ist der Millionenhügel. Hier hat die Elite der DDR ihre Wochenendhäuser gebaut." Manfred Sieber zuckte mit den Schultern: „Wenn das alles ist, da müsstet ihr euch mal ansehen, was für Millionenobjekte auf Sylt stehen." Conny Hansen war dankbar für diese Bemerkung: „Wir waren ja auch nur ein kleines armes Ostblockland. Für unsere Verhältnisse war das schon Luxus pur. Und eben nicht verdient, sondern ergaunert." „Wer hat schon was verdient?", Hansen musste seinen Senft dazu geben, „das ist doch heute eher schlimmer als besser geworden. Schau dir doch mal an, wem die Villen auf Sylt gehören. Meinst du denn, es geht dort gerecht nach Verdienst, oder besser gesagt, Leistung zum Wohle aller." Conny wollte das so nicht stehen lassen: „Wir haben heute auch eine Leistungsgesellschaft. Da kann jeder alles erreichen. In der DDR war das nicht möglich. Außerdem waren die oberen Zehntausend unehrlich, indem sie behaupteten, das Volk stünde an erster Stelle. An erster Stelle standen nur sie selber, wir, das Volk, wurden nach Strich und Faden verarscht."

Ole holte die sich erhitzende politische Debatte wieder in die Urlaubsstimmung zurück: „Mami hat Arsch gesagt. Das darf man nicht." Und nachdem er alle zum Lachen gebracht hatte, maulte er: „Ich habe Hunger." Oh Gott, Conny wurde knallrot: „Ich habe Oles Verpflegung vergessen." Zum Glück hatte Ole die Lösung seines Problems in Gestalt eines Verkaufsstandes für

Meeresfrüchte schon anvisiert. Er liebte Fischbrötchen, vor allem mit gebratenem Fisch. Die anderen waren ebenfalls hungrig so langten alle kräftig zu.

Da wurde Ihre gemütliche Brötchenrunde durch einen lauten und aggressiven Streit gestört. Man hörte Wortfetzen, vermischt mit russischen Brocken, die keinen rechten Sinn ergaben. Unvermittelt wurde die Tür der Brötchenbude aufgerissen. Zwei bullige Typen drückten den Eigentümer auf den Boden und drohten ihm: „Wir letztes Mal so freundlich. Pogodi. Du wissen Bescheid." Noch ehe Conny ihren Mann zurückhalten konnte, war Hansen mit einem Sprung bei den kämpfenden Männern und brüllte laut: „Polizei! Polizei! Sofort loslassen. Polizei!"

Das zeigte Wirkung. Zum Glück ließen die beiden Russen von ihrem Opfer und verschwanden rasch mit einem großen schwarzen AUDI. Der Besitzer des Brötchenstandes wischte sich das Blut aus dem Gesicht. Eine Augenbraue war gerissen. Hansen fragte: „Was war das denn? Waren das etwa Schutzgelderpresser? An einer Bude für Fischbrötchen? Ich fasse es nicht." Der Mann antwortete: „Die wollen kein Schutzgeld, die wollen meine Verkaufslizenz. Hier auf dem Darß haben sie schon fast alle Standorte an sich gebracht. Dadurch bestimmen sie die Preise. Sie bieten sogar Ablösesummen. Ich werde mich wohl beugen müssen. Gegen die habe ich keine Chance."

Conny nahm ihren Mann in den Arm: „Horstilein, du musst nicht schon wieder die Welt retten. Wir haben Urlaub. Du bist hier nicht zuständig. Selbst wenn du wolltest, du darfst hier gar nicht als Polizist agieren. Komm, fahren wir zurück nach Prerow." Sie hatte ihre Mahnung kaum in den Wind gesprochen, da hielt neben ihnen der Bus nach Prerow. Hansen, dem der Verleiher des E – Bikes keinen Ersatzakku geliefert hatte, erblickte dankbar den Fahrradanhänger des Busses. Dieses war eine Wink des Herrn. Widerstandslos ließ er zu, dass seine Frau Fahrkarten löste und das defekte E-Bike auf den Hänger bugsierte. Für heute hatte er genug erlebt. Jetzt sehnte er sich nur noch nach einem Bierchen auf der Terrasse.

Conny hatte darauf bestanden, auch den Rückweg nach Prerow mit dem Rad zu fahren. Horst Hansen erreichte den Sonnenhof deshalb lange vor ihr gegen 14.00 Uhr. Er bugsierte das schwere E-Bike schwitzend in den engen Fahrradschuppen. Als er in seine Ferienwohnung gehen wollte, versperrten ihm zwei Männer den Weg. Der ältere der beiden sagte: „ Gestatten, Hauptkommissar Krüger und Oberkommissar Mühlfeld, Mordkommission Ribnitz – Damgarten. Sind sie Horst Hansen?"

Hansen hatte diese Kontaktaufnahme selber unzählige Male praktiziert. Aber selber so angesprochen zu werden, war für ihn neu. Aber antworten musste er schon. Er nickte und atmete langsam ein, um Zeit zur Musterung der beiden Kollegen zu gewinnen.

Der Ältere müsste Hauptkommissar Krüger sein. Er war mindestens sechzig Jahre alt und sah mit seiner kurzärmligen Weste eher wie ein Rentner im Urlaub aus als ein Cop im Dienst. Der Jüngere löste das Rätsel indem er sagte: „Kollege Hansen, Herr Mühlfeld hat ihnen eine einfache Frage gestellt, wenn sie bitte so freundlich wären, darauf zu antworten." Hansen spürte wieder dieses Grummeln im Bauch. So nicht mit ihm. Er sah den beiden ruhig in die Augen: „Ihre Dienstausweise bitte, meine Herren. So und nicht anders erfordern das die guten Sitten." Damit begann eine neue Männerfeindschaft zu wachsen. Die Ribnitzer Beamten suchten in ihren Taschen nach den Ausweisen, Mühlfeld hatte seinen sogar im Auto liegen lassen. Hansen kannte kein Erbarmen. Mühlfeld musste ihn holen.

Hansen führte seinen Kollegen unmissverständlich vor, wer hier der Platzhirsch war. Und zwar er, Horst Hansen. Egal ob in Hamburg, Quedlinburg oder Prerow. Hansen war der Leitwolf. Er versuchte, sofort das weitere Geschehen zu bestimmen: „Was wollen sie von mir, raus mit der Sprache. Ich habe keine Zeit für ein Schwätzchen, ich muss mich erholen."

3. Die Tote am FKK

Brigitte Schenkel wurde ermordet und Heinz Otto stand unter Mordverdacht. Das hatte gesessen. Als die Beamten der Ribnitzer Mordkommission ihn aufsuchten, hatte Hansen keine Ahnung, dass er zu den Betroffenen, vielleicht sogar Verdächtigen eines Verbrechens gezählt wurde. Sofort tanzten in seinem Kopf die Gedanken wie irre im Kreis, kreuz und quer. „Wer ist Brigitte Schenkel", fragte Hansen, „ich kenne diese Frau nicht? Und was soll mein Kommissar Otto damit zu tun haben." Kommissar Krüger antwortete knapp: „Die Fragen stellen wir hier. Wir erwarten von ihnen absolute Ehrlichkeit und Unterstützung. Es stimmt nicht, dass sie Frau Schenkel nicht kennen. Wir haben die Aussagen mehrerer Camper, dass sie gestern Abend zusammen gefeiert haben. Einige behaupten sogar, sie hätten was mit ihr gehabt. Was sagen sie dazu?"

Als Cornelia Hansen von der Terrasse ins Wohnzimmer trat, hatte sie die letzten Sätze nur halb erfasst. Trotzdem war sie sofort in heller Aufregung: „Was ist hier los? Horst, wer sind diese Leute?" Hansen nahm sie beruhigend in die Arme: „Die Herren sind von der örtlichen Mordkommission. Eine der Frauen, die sich gestern Nachmittag mit uns unterhalten haben, wurde ermordet. Heinz Otto wird der Tat verdächtigt."

Krüger wehrte die Fragen Cornelias ab: „Immer Eins nach dem Anderen. Die Ermittlungen leite ich. Also, Herr Hansen, kannten sie das Opfer nun oder nicht?"

Hansen: „Es stimmt, dass wir gestern zufällig auf dem Zeltplatz waren und dort mit Heinz Otto ein bisschen gefeiert haben. Zwei Frauen wollten sich an der kleinen

Geselligkeit beteiligen. Die kannte ich aber nicht, ihre Namen waren mir bis jetzt unbekannt."

Mühlfeld machte sich in einem alten Vokabelheftchen Notizen. Er war als Geizhals bekannt. Diese schmierigen Heftchen hatte er vor vielen Jahren bei der Auflösung einer Schule gefunden und nutzte sie seitdem, ohne Rücksicht auf deren ekelerregendes Aussehen zu nehmen. „Wann genau haben sie diese Orgie verlassen?", fragte er Hansen provokativ. Hansen ließ sich nicht zu einer verbalen Entgleisung hinreißen: „Wenn sie den kleinen Umtrunk meinen, das war so gegen 18.00 Uhr, 18.30 Uhr." Mühlfeld bohrte weiter: „Und wann sind sie dann wieder zum Zeltplatz geschlichen, zu diesen heißen nackten Frauen? Als ihre Frau schon schlief, heimlich still und leise…" Hansen immer noch beherrscht: „Ich bin nicht wieder zum Strand des Zeltplatzes gegangen. Weder gestern, noch heute Nacht noch heute."

Krüger pfiff seinen Köter zurück: „Das solls fürs Erste gewesen sein. Bitte bleiben sie am Ort, solange die Ermittlungen andauern. Kleinere Ausflüge dürfen sie selbstverständlich unternehmen. Wie lange dauert ihr Urlaub hier noch?"

Zwei Wochen."

„Ist gut, wir melden uns wieder. Sollte ihnen noch was einfallen, hier ist meine Karte. Rufen sie mich bitte an."

Als die beiden Kommissare weggefahren waren, konnte Hansen seine Wut nicht mehr länger unterdrücken. Er ging auf die Terrasse und brüllte laut: „Gottverdammich . Und das ausgerechnet mir während meines Urlaubs!" Sein Nachbar kam angerannt: „Was ist passiert, kann ich helfen?"

Hansen: „Ja, das kannst du. Wenn du einen ordentlichen Whisky im Haus hast. Ich brauche jetzt eine lebensrettende Medizin."

Whisky hatte Manfred Sieber zwar nicht. Aber den konnte Cornelia zur Verfügung stellen. Hansen füllte vier Gläser und prostete seinen neuen Bekannten zu: „Das wars für mich mit Urlaub. Tut mir leid. Ich bin gerade eben in den Kreis der Verdächtigen eines Gewaltverbrechens aufgenommen worden. Ich muss mich und meinen Kollegen und Freund Heinz Otto vor diesen Provinztrotteln von Cops schützen. Ich möchte euch bitten, dass ihr euch um Ole und Conny kümmert." Und als ihn seine Nachbarn ungläubig anstarrten: „Conny wird euch das Notwendigste erklären. Ich muss jetzt los. Je früher desto besser, damit keine Spuren verwischt werden." Und ohne weitere Erklärungen stiefelte er los, um den Ort des Verbrechens zu suchen.

Unterwegs suchte er fieberhaft nach einem Handlungsmuster für sein weiteres Vorgehen. Er war noch nie in der Rolle des Verdächtigen gewesen. Wie sollte er gegenüber den Zeugen auftreten? Konnte er als Kommissar agieren? Durfte er ohne Erlaubnis den Tatort betreten? Wie kam er an die Informationen der Ribnitzer heran? Ohne Zweifel würde es den Ribnitzern nicht gefallen, wenn er selber ermittelt. Denn so viel stand für ihn fest. Wenn es ihm nicht gelang, den wahren Täter zu entlarven, würden die Heinz Otto vor den Richter zerren. Die wollten den raschen Erfolg. Otto war denen so egal wie das Lesen seines Namens von hinten oder vorn. Otto blieb Otto.

Zuerst ging Hansen zu Ottos Ehefrau Erika. Sie saß unbekleidet vor ihrem Zelt. Vor sich einen Pappkarton billigen Weißweins. Unwillkürlich fiel Hansen ein, wie er sie bei der Feier zu Ottos Beförderung auf dem Thalenser Hexentanzplatz beim Vögeln mit Haneu beobachten musste. Sie stierte Hansen mit glasigen Augen an: „Ach, kommen sie auch schon. Unternehmen sie gefällig was, damit mein unschuldiger Mann aus dem Knast kommt."

Das hatte ihm gerade noch gefehlt. Ein betrunkene, keifende Ehefrau. Hansen behielt seine Contenance. „Moin erst mal", sagte er so freundlich wie er im Angesicht der Probleme konnte. „Dafür benötige ich ihre Unterstützung. Was wissen sie? Bitte alles erzählen. Auch das für sie scheinbar Unwichtige kann von größter Bedeutung sein."

Erika Otto stellte erst einmal die Kaffeemaschine an. Sie nickte Hansen zu: „Für sie auch einen? Den werden sie brauchen!" Während die alte Kaffeemaschine lautstark arbeitete, begann Erika Otto: „Also gestern Nachmittag, oder soll ich besser Abend sagen? Jedenfalls nachdem sie und Conny gegangen waren, ging hier so richtig die Post ab. Um unseren Platz versammelten sich mindestens zehn Leute. Kenne ich alle. Nette Camper, wir feiern immer spontan. Mal bei mir dann wieder bei dem und so weiter. Andreas holte seine Gitarre und wir sangen unsere alten Lieder." Der Kaffee war fertig. Erika setzte Hansen eine Tasse mit Zucker und Milch vor die Nase. Hansen verzichtete auf sein Recht auf schwarzen Kaffee und trank das süße Zeug mit Überwindung.

Hansen bohre nach: „Wie lange ging den diese Fete?"

„Das weiß ich nicht mehr so genau. Ich schätze so bis zwei drei Uhr."

„Und Birgit Schenkel, war die immer hier oder verschwand sie zwischendurch mal?"

Erika Otto grinste: „Ich kann mir schon denken, worauf sie hinaus wollen. Aber ich kann beim besten Willen nicht mehr sagen, wer hier wie lange war."

Hansen: „Kann es sein, dass sie selber zwischendurch mal weg waren?"

Erika Otto: „Das kann schon sein. Man hat ja auch als ältere Frau so seine Bedürfnisse. Und mein Alter nimmt es im Zelturlaub auch nicht so genau."

Du meine Güte, Hansen erschrak. Diese Zeugin ist so gut wie gar nichts wert. Hoffentlich weiß sie wenigstens, wo der Tatort ist und wann das Verbrechen geschah. Aber selbst damit konnte sie nicht dienen. Sie reagierte patzig auf Hansens diesbezügliche Frage: „Ich wurde heute gegen 11.00 Uhr geweckt. Und zwar von der Kripo. Die haben meinen Ollen gleich verhaftet. Mir haben sie nichts weiter gesagt. Nur dass er verdächtigt wird, die Brigitte ermordet zu haben. Wann und wo das passiert sein soll haben die mir nicht verraten."

Hansen verzichtete auf den Kaffeerest in seiner Tasse. Vielleicht konnten die benachbarten Camper besser helfen. Er blickte sich suchend um und bekam Blickkontakt mit einer schwarzhaarigen Frau. Hansen glaubte sich zu erinnern, dass sie gestern Nachmittag mit Brigitte Schenkel seine Nähe gesucht hatte. Heute war die Frau nicht unbekleidet, allerdings hatte der knappe Bikini keine Chance, als Bekleidungsstück anerkannt zu werden. Er war mehr Blößeverstärker als Verhüller. Sie kam schnurstracks auf Hansen zu: „Guten Morgen, Tschuldigung, einen wunderschönen Tag wünsche ich dir. Wir sind hier alle beim Du, du hast doch nichts dagegen. Ich bin übrigens die Gitta. Und du, heute ohne Anstandsdame, dafür mit Hemd und Hose? Lust auf einen Drink?"

Hansen fühlte Übelkeit in sich aufsteigen. Wenn es noch eines Grundes bedurft hätte, dass er FKK Camping abstoßend fand, so wurde der jetzt von dieser Tussi geliefert. Doch Hansen brauchte ihre Unterstützung bei der Aufklärung des Verbrechens. Er erwiderte deshalb freundlich ihren Gruß, ohne seinen Namen zu nennen. Er umging geschickt das direkte Ansprechen um zu vermeiden, dieses lockere Mädchen von zirka 50 Jahren zu duzten.

Hansen folgte ihr ins Zeltplatzbistro. Da kein Tisch frei war, setzten sie sich zu einem älteren Ehepaar. Hansen fragte vorsichtig: „Hier muss ja gestern Nacht mächtig was los gewesen sein. Stimmt es, dass eine tote Frau gefunden wurde?"

Gitta schlug keck ihre dicken Schenkel übereinander: „Ach höre nur auf. Die Tote ist Brigitte. Kennst du doch von gestern. Die aufdringliche Blondine."

Hansen: „ Gibs doch gar nicht! Diese nette Frau. Wo soll das den passiert sein?"

Gitta: „Weiß ich doch nicht. Wollen wir nicht lieber über was anderes reden?" Sie rückte dichter an Hansen. Da mischte sich der ältere Tischnachbar in die Unterhaltung: „Die Gitta hat doch keine Ahnung. Ich bin der Peter, habe früher bei den Sicherheitsorganen gearbeitet. Da kenne ich mich mit Strafsachen aus. Der Tatort ist in dem kleinen Wäldchen, am kleinen Teich mit der Holzbrücke."

Hansen: „Hätten sie Lust, mir das mal zu zeigen?"

„Warum", Peter war nicht uninteressiert, aber auch neugierig. Hansen: „Das erzähle ich unterwegs. Wollen wir?"

Peter ließ keine Ruhe. Hansen kam nicht umhin, ihm seine Identität zu offenbaren: „Ich bin ein Kollege von Heinz Otto. Zur Zeit mache ich mit meiner Familie hier Urlaub. Sie können sich denken, dass ich nicht zusehen kann, wie Heinz Otto als Mörder verurteilt werden soll."

Peter pfiff leise durch die Zähne: „Alles klar, meine Unterstützung können sie haben. Heinz ist schließlich ein alter Freund. Wer leitet denn die Ermittlungen?"

Hansen: „Ein gewisser Oberkommissar Mühlfeld aus Ribnitz- Damgarten."

Peter stöhnte auf: „Alles klar, den feinen Herrn kann ich gerade gut leiden. Früher war er ein hundertzehnprozentiger Genosse der SED, heute macht er einen auf Opfer der SED – Diktatur. Ich war ja auch Genosse. Im Vertrauen gesagt, ich war Oberleutnant bei der Staatssicherheit. Heute bin ich nur noch Rentner. Alles Politische ist nicht mein Ding."

Hansen hatte seinem Führer nur mit halbem Ohr zugehört. Er interessierte sich nicht für die politische Vita ehemaliger DDR – Bürger. Für ihn als Freigeist war es unvorstellbar, dass man sich derart in ein politisches Machtsystem pressen lassen konnte. Aber wer weiß, was er gemacht hätte, wenn er in der DDR aufgewachsen wäre.

Sie hatten den Strand verlassen und waren einen sandigen Weg durch ein kleines Waldstück gegangen. Nun standen sie vor einer Brücke. Peter wies auf diese Holzkonstruktion: „Hier wurde Brigitte gefunden." Hansen war überrascht, dass der vermeintliche Tatort nicht gesichert worden war. Jeder konnte hier langgehen. Unerhört, die Kripo Ribnitz muss das doch besser wissen, warum praktizierten die eine derartige Schlamperei. Das konnte kein Zufall sein. Suchend sah er sich um: „Können sie genauer sagen, wo die Tote gefunden worden ist?" Peter zuckte mit den Schultern: „Keine Ahnung, ich war ja nicht dabei. Es heißt bei uns im RegenbogenCamp nur, dass der Tatort an der Holzbrücke vom Prerowstrom war."

Hansen ging ein paar Schritte. Seine erfahrenen Augen scannten den Boden nach Spuren. Peter stolperte hinter ihm her. Hansen bat ihn, sich vom Tatort fernzuhalten, um nicht noch mehr Spuren zu vernichten. Peter nahm das maulend hin, verzog sich dann auch schnell. Offensichtlich war er beleidigt, dass Hansen ihn nicht in die Besichtigung des Tatortes einbezog. Hansen musste akzeptieren, dass er so nicht weiter kam. Er musste die Ergebnisse der Tatortuntersuchung durch die Ribnitzer Ermittler haben. Aber wie sollte er da rankommen, wo man ihn sogar der Gruppe der Verdächtigen zugeordnet hatte? Während er angestrengt überlegte, entdeckte er doch ein paar Spuren menschlicher Aktivitäten. Schleifspuren ließen den Schluss zu, dass das Opfer hier langgezogen worden war. Zweige waren abgebrochen. Er fand einen kleinen Zettel, vermutlich Teil eines Kontoauszugs. Und auch Blutspuren waren zu sehen, wenn auch kaum sichtbar und erst nach längerem Suchen. Die Tote hatte entweder wenig geblutet, oder sie war hierher transportiert worden und hatte ihr Blut an einem anderen Ort verloren. Er kniete sich nieder und kratzte mit seinem Schweizer Taschenmesser eine Probe von der Baumrinde, die er sorgfältig in ein sauberes Tempo Taschentuch einwickelte.

Hansen musste den Ort des Verbrechens jetzt schnell verlassen. Die Kripo durfte ihn hier nicht antreffen. Das hätte ihn unnötig belastet. Er ging zum Sonnenhof und rief auf dem Wege dorthin seinen Quedlinburger Chef an. Der fiel aus allen Wolken: „Ja seid ihr denn narrisch. Das hat mir gerade noch gefehlt." Hansen war von dieser Reaktion enttäuscht: „Ich würde mich über ihre Unterstützung mehr freuen als über ihre Schelte. Wir müssen ihnen wohl nicht sagen, dass Otto und ich mit der Sache nichts, aber auch absolut gar nichts zu tun haben. Ich bitte sie wirklich eindringlich. Nehmen sie Verbindung auf zu ihrem Ribnitzer Kollegen. Die müssen uns Akteneinsicht gewähren." Sein Chef war von dieser Bitte nicht gerade erfreut, versprach aber, sich für seine Beamten einzusetzen.

Hansen fühlte sich schlecht. Auf den Whisky hätte er besser verzichten sollen. Das war alles zusammen zu viel. Gestern die lange Anreise. Dann der Umtrunk am FKK. Heute Vormittag die Radtour nach Ahrenshoop und dann, als Höhepunkt, dieser Verdacht auf die Beteiligung von Otto und ihm an einem Kapitalverbrechen. Er erbrach sich. Wenige Schritte später riss er sich im lichten Küstenwald die Hose runter und entleerte seinen Dickdarm. Waren das die Nerven oder war es ein grippaler Infekt. Egal, er durfte jetzt nicht schlapp machen.

Cornelia hatte schon ungeduldig auf ihn gewartet. Ihre Augen sprachen mehr als Worte. „Ich kann dir leider noch nicht viel Neues mitteilen", nuschelte Hansen, „ Erika Otto konnte mir nicht helfen. Sie hat wohl bis zum Morgengrauen gesoffen und gevögelt. Mit wem sie es getrieben hat wollte oder konnte sie mir nicht sagen. Was ihr Mann gemacht hat, weiß sie nicht. Sie wird ihm vielleicht ein Alibi geben. Die Polizei kann das aber leicht entkräften." Cornelia erschrak: „Das überrascht mich jetzt doch. Von Erika hätte ich das nicht erwartet. Und der eher schüchterne Heinz kommt doch nicht als Frauenschänder und Frauenmörder in Frage."

Hansen setzte sich in den Terrassenstuhl und trank ein Glas Wasser. Nachdenklich erwiderte er: „Du hast das als Kind nicht so mitbekommen. Aber FKK bedeutet wohl nicht nur Frei Körper Kultur im Sinne von Nacktheit, sondern auch frei von Moral. Die machen hier was ihnen Spaß macht. Das muss man nicht wollen, aber vermutlich wollen das nicht wenige." Und nach einer Pause: „Wo ist eigentlich unser Sohn? Spielt er mit dem Nachbarjungen?" „Nein, Ole schläft schon", Cornelia legte ihren Arm auf seine kräftige Schulter, „ er war doch von der Radtour ziemlich geschafft. Unsere lieben Nachbarn haben mir außerdem mitgeteilt, dass sie den Kontakt mit uns vorerst einstellen wollen. Er ist ja Richter, da müssten wir das verstehen."

„Okay", Hansen stand auf, „ ich gehe jetzt auch in die Koje. Morgen ist auch noch ein Tag."

4. Peter Greif

Horst Hansen war müde. Er konnte lange nicht eischlafen und fiel erst gegen Morgen in einen flachen, von wilden Träumen geplagten Schlaf. Seiner Frau war es nicht besser ergangen. Ole dagegen war putzmunter. Er drängte seine Eltern, mit ihm zum Strand zu gehen. Hansen nahm den Jungen auf den Schoss, um ihn zu beruhigen: „Wir können heute nicht baden gehen. Mama und Papa müssen einem guten Freund helfen, der sich in großen Schwierigkeiten befindet." Ole zog seine Stirn in Falten: „Was hat dein Freund denn angestellt? War er unartig?" Über Hansens Gesicht huschte der Anflug eines Lächelns: „Mein Freund ist schon erwachsen. Da sagt man nicht unartig. Nein, er hat nichts Böses getan. Aber die Polizei hat ihn trotzdem eingesperrt." Ole stampfte mit den Füßen auf den Boden: „Du bist doch auch Polizei. Befehle doch einfach, dass sie deinen Freund freilassen sollen!" Cornelia nahm Vater und Sohn in ihre Arme, drückte sie ganz fest und sagte: „Das geht leider nicht so einfach, aber Papa wird seinem Freund ganz bestimmt helfen. Er kann aber deshalb heute nicht mit dir am Strand spielen. Das verstehst du doch?" Ole nickte tapfer, konnte aber seine Enttäuschung nicht verbergen.

Hansen stellte Ole auf den Boden. Es half nichts, er musste zum Revier der Ribnitzer Kollegen. Hoffentlich hatte sein Chef für ihn und Otto ein gutes Wort eingelegt. Hansen versuchte zum wiederholten Male, ihn telefonisch zu erreichen. Leider ohne Erfolg. Dann musste er es alleine versuchen. Entschlossen ging Hansen zu seinem Auto, wo Peter Greif mit wichtiger Miene schon auf ihn wartete: „Morgen Herr Hauptkommissar. Ich habe Neuigkeiten für sie. Nachdem wir uns getrennt hatten, habe ich noch einige Zeugen befragt. Das können sie bestimmt gut gebrauchen." Hansen wusste nicht, ob er schimpfen oder zuhören sollte. Er entschloss sich nicht zu schimpfen, sondern lud Greif ein, ihn nach Ribnitz zu begleiten, um ihm unterwegs von seinen Recherchen zu berichten.

Das war allerdings nicht so einfach. Hansen gab seinem Citroen die Sporen. Mit einem wahnwitzigen Tempo raste er über die schmalen Straßen. Ein ums andere Mal überholte er mit riskanten Manövern die Autos bummeliger Urlauber. Peter Greif klammerte sich mit beiden Händen ängstlich an der Halteschlaufe des Autor. Trotzdem flog er in jeder Kurve hin und her. „Na was ist?", brüllte Hansen ihn an, „erzählen sie schon. Welche Neuigkeiten gibt es." Als er keine Antwort erhielt, blickte er zur Seite. Gerade noch rechtzeitig, um zu bemerken, dass sein Mitfahrer krampfhaft gegen seinen Brechreiz anschluckte. Hansen ging voll auf die Bremse und ließ die Seitenscheibe runter. „Kotzen sie gefälligst meinen Wagen nicht voll", brüllte er. Greif riss die Tür auf. Er rannte in den Wald, um sich zu übergeben. Hansen schüttelte mit dem Kopf und fuhr mit quietschenden Reifen ohne ihn los. Nach hundert Metern bremste er erneut, legte den Wahlhebel des Automatikgetriebes auf R und raste zurück, um Greif wieder aufzunehmen. „Tut mir leid".

Hansen war nun doch interessiert an Greifs Informationen. Er riss sich zusammen und orientierte sich am Tempolimit. Greif registrierte das dankbar und erstattete Rapport: „Also wo soll ich anfangen", er machte eine Pause, um sich zu konzentrieren. Hansen half ihm: „Wichtig wäre, zu welcher Zeit Otto und Brigitte zusammen gesehen wurden. Und wann Brigitte zuletzt lebend zu sehen war, und wo?"

Peter Greif kramte einen Notizblock aus seiner Jackentasche: „Also es gibt mehrere Zeugen, die Heinz und Brigitte beim Knutschen beobachtet haben."

Hansen: „Nur knutschen, mehr nicht?"

Greif: „Gebumst haben sie auch. In Ottos Trabi."

Hansen riss die Augen auf: „Im Trabant? Sicher? Warum denn das. Hier gibt es doch viel schönere Plätze, um Liebe zu machen. Am Strand, in den Dünen und so weiter."

Greif: „Das weiß ich nicht, das müssen sie Heinz Otto fragen."

Hansen: „Konten sie auch konkrete Zeitangaben ermltteln?"

Greif: „Leider nichts Genaues. Es ging alles drunter und drüber, keiner sah dabei auf die Uhr. Fest zu stehen scheint aber, das Brigitte nach der Trabbinummer nicht mehr gesehen worden ist."

Hansen: „Und wann war in etwa die Trabbinummer?"

Greif: „So etwa um und bei 0.00 bis 1.30 Uhr."

Hansen: „Na immerhin. Besser als gar nichts. Bekomme ich nachher auch die Namen der Zeugen?"

Wortlos legte Peter Greif ein maschinenschriftliches Protokoll aufs Armaturenbrett. Hansen hatte das Polizeirevier erreicht. Er bedankte sich bei Peter Greif und nahm das Schriftwerk. Oben stand: Ermittlungsbericht. Verfasser: Oberleutnant I. R. Peter Greif.

Hansen war von der Akkuratesse des Protokolls überrascht. Es enthielt die Namen, Adressen und Telefonnummern der befragten Personen. Die Aussagen waren kurz und präzise formuliert. „Können sie das verwenden, Herr Hauptkommissar?", wurde er von Greif gefragt. Hansen drückte ihm fest die Hand: „Danke, und ob ich das gebrauchen kann. Gute Arbeit Herr Oberleutnant. Aber ab jetzt bitte keine Alleingänge mehr. Das ist Sache der hiesigen Kripo. Wir wollen doch nicht, dass man sie wegen Amtsanmaßung bestraft." Greif orakelte: „Das bleibt noch abzuwarten, wer hier mit wem Ärger bekommt…"

Die letzten Worte Greifs hatte Hansen schon nicht mehr gehört. Er konzentrierte sich auf seinen Auftritt im fremden Revier. Auf jeden Fall musste er seine

Körpersprache kontrollieren. Die Ribnitzer Kollegen durften mit ihren geschulten Blicken nicht erkennen, wie nervös er war. Hansen riss sich zusammen. Rücken gerade, Blick geradeaus. Schulter nicht hängenlassen. So betrat er forsch das Revier. Im Korridor wurde er schon von Oberkommissar Mühlfeld erwartet. Hansen entschloss sich zur direkten Attacke: „Moin Kollege Mühlfeld. Hat er schon mit ihnen gesprochen?" Mühlfeld reichte ihm jovial die rechte Hand: „Guten Morgen, Kollege Hauptkommissar. Ja, er hat mich schon angerufen. Kommen sie doch erst mal mit in mein Zimmer. Bei einer frischen Tasse Kaffee lässt es sich doch besser unterhalten."

Hansen atmete erleichtert auf. Gut, dass er sich auf seinen Chef verlassen konnte. Wie er das wohl gemacht hat, dass Mühlfeld so scheißfreundlich war. Er sah sich in Mühlfelds Büro um. Warum nur sehen alle Dienstzimmer der Kripo aus wie die Vorzimmer zum elektrischen Stuhl, sinnierte er. Kein Bild, keine Blume. Nur Schreibtisch, Computer und Schränke. Aber das sollte ihm jetzt egal sein. Er nahm unaufgefordert auf dem einzigen Stuhl Platz und sagte noch etwas unsicher: „Danke für den Kaffee. Ist dankend angenommen. Weshalb ich hier bin, können sie sich wohl denken. Ich möchte unbedingt die Ergebnisse ihrer bisherigen Arbeit kennenlernen. Vor allem die Untersuchung des Tatortes durch ihre KT brauche ich." Mühlfeld wand sich wie ein Aal an der Angel: „Das ist leider so nicht machbar. Ich kann ihnen nur unter dem Deckmantel ihrer Verschwiegenheit mündliche Infos anbieten. Hauptkommissar Krüger darf davon nichts erfahren."

Hansen verstand nur noch Bahnhof. Seine Synapsen stellten irritiert ihre Arbeit ein. Blutleere herrschte in seinem Gehirn. Vorsichtig fragte er: „Aber hat man denn nicht mit ihrem Chef gesprochen?" Mühlfeld lachte verlegen: „Um Gotteswillen nein. Das würde ihre Arbeit nur unnötig behindern. Ich kann ihnen so am besten helfen. Krüger leitet ja nicht die Arbeitsgruppe Brigitte, sondern ich. Ich schlage vor, wir treffen uns heute Nachmittag in Prerow, dort erhalten sie alle aktuellen Informationen."

„Na gut", Hansen stand auf, „ dann bis heute Nachmittag. Sagen wir so gegen drei an der Holzbrücke?" „Ist gebongt", Mühlfeld wirkte erleichtert, „um drei an der Brücke des Prerowstroms, dem vermutlichen Tatort."

Hansen wusste nicht, ob er sich freuen oder ärgern sollte. Das Gespräch mit Mühlfeld war gut gelaufen, vielleicht sogar zu einfach. Er traute diesem dicken und stinkenden Kerl nicht. Wenn der ihm nur nicht eine Falle stellen wollte. Er blickte sich suchend um. Wo war Peter Greif geblieben? Na dann eben nicht. Er startete den Motor und stellte den Wahlhebel des Automatikgetriebes auf „D". Sanft nahm der große Wagen Fahrt auf. Bei 70 Km/h nahm Hansen das Gas zurück. Zu spät, er war bereits geblitzt worden. Verdammt, das kostete ihn mindestens einen Punkt in Flensburg. Es fehlte nicht mehr viel, und er würde eine Weile ohne Führerschein auskommen müssen. Dass er sich doch immer wieder nicht konzentrieren konnte! Sein Gehirn löste beim Fahren Kriminalfälle. Das Lenken machte er nebenbei automatisch, wie sein Getriebe.

Mist, außerdem hatte er sich verfahren. Die Straße führte ihn an das Ufer des Boddengewässers. Er parkte an einem gemütlichen Café und bestellte Cappuccino mit Kirschtorte. Das Klingeln seines Handys riss ihn aus seinem Tagtraum. Peter Greif brachte sich in Erinnerung. Er wartete immer noch in Sichtweite des Reviers. Hansen war guter Stimmung: „Ja wo waren sie denn, ich habe nach ihnen Ausschau gehalten. Leider vergeblich." Peter Greif entschuldigte sich. Er sei nur mal im Gebüsch gewesen, fürs kleine Geschäft. Hansen fühlte sich dem Oberleutnant i. R. verpflichtet und lud ihn zu einem Kaffee ein. Keine fünf Minuten später stand Greif vor Hansen. Unsicher fragte er ihn: „Wie ist es gelaufen? Sie sind doch hoffentlich nicht sauer auf mich? Was hat Mühlfeld gesagt? Wird er uns helfen?"

„Moment mal", Hansen unterbrach ihn ärgerlich, „ ihre Hilfsbereitschaft in Ehren, aber ich darf ihnen keine Dienstgeheimnisse offenbaren. Immer langsam mit den jungen Pferden. Trinken sie in Ruhe ihren Kaffee. Dann nehme ich sie mit nach Prerow. Und ab jetzt halten sie sich bitte aus der Polizeiarbeit raus, capito?"

Peter Greif rührte gelassen in seinem Kaffee: „Ich verrate ihnen ein Geheimnis. Sie müssen es aber für sich behalten. Ohne mich hätte ihr Gespräch mit

Oberkommissar Mühlfeld einen ganz anderen Verlauf genommen."

Hansen: „Wie soll ich das verstehen. Für mein Verständnis geht die Kooperationsbereitschaft der Ribnitzer Kollegen auf eine Fürsprache meines Vorgesetzten zurück."

Greif: „Da irren sie sich!"

„Moment bitte", Hansen wählte die Nummer seines Quedlinburger Chefs. „Hallo Herr Hauptkommissar", sprach er in das Telefon, „ich möchte mich für ihre Unterstützung in der Sache Heinz Otto bedanken. Die hiesigen Kollegen waren deshalb wie ausgewechselt." Plötzlich verstummte er, sagte noch knapp: „Trotzdem danke", und beendete das Telefonat. Er sah Greif fragend an: „Mein Chef hat noch gar nichts unternommen. Es scheint wohl so zu sein, wie sie sagen. Wie um alles in der Welt haben sie erreicht, den mieslaunigen Mühlfeld dermaßen zu beeinflussen?"

Peter Greif ließ sich mit seiner Antwort Zeit. Er bestellte noch einen Espresso und dazu zwei Weinbrand der ostdeutschen Marke Kastell. Er prostete Hansen zu: „Auf gute Zusammenarbeit!" Dann erzählte er: „Sie müssen wissen, dass Heinz Otto und ich ganz eng miteinander sind. Seit fünfundzwanzig Jahren verbringen wir unsere Urlaube zusammen auf dem Prerower Zeltplatz. Immer FKK mit unseren Frauen. Unsere Zelte nur vier Meter voneinander aufgebaut. Rechnet man mal die gemeinsam verbrachte Zeit zusammen, kommt über eine Jahr raus.

Wir sind so eng, dass wir nicht mal sagen können, von wem unsere Kinder sind."

Hansen konnte sich eine spitze Bemerkung nicht verkneifen: „Aber welcher Vater zu welchem Kind gehört kann man doch heute leicht feststellen."

Greif winkte nur ab: „Wollen wir gar nicht wissen. Womöglich käme dabei noch ein ganz anderer Erzeuger zum Vorschein. So wie es ist, ist es gut. Jedenfalls dulde ich nicht, dass mein wirklich bester Freund von so einer Canaille wie dem Mühlfeld fertiggemacht wird. Ich habe deshalb in meine Zauberkiste gegriffen."

Hansen: „Ich verstehe Zauberkiste, was wollen sie damit ausdrücken?"

Greif: „Ich war schließlich nicht umsonst bei der Stasi. Ich besitze eine Kiste mit belastendem Material, auch von Mühlfeld, dem Schwein. Wenn ich dessen Akte dem Innenministerium zukommen lasse, verliert er seine Arbeit und Pension."

Hansen hatte Peter Greif mit wachsendem Unmut zugehört. Er winkte der Bedienung zu und bezahlte die Rechnung. Dann stand er auf, ging zur Tür, drehte sich um und sagte leise: „Kommen sie, lassen sie uns fahren."

Auf der Rückfahrt nach Prerow herrschte Funkstille im Citroen. Hansen und Greif schwiegen. Greif rutschte unruhig auf seinem bequemen Sitz hin und her. Das Schweigen nervte ihn, warum sagte Hansen nichts? Als der Wagen an Born vorbeifuhr, hielt er es nicht mehr aus: „Sie sagen ja gar nichts, Herr Hauptkommissar. Sind sie mit meiner Unterstützung unzufrieden?" Hansen knurrte nur: „Jetzt nicht, später." In Prerow angekommen fuhr er zum kleinen Hafen und forderte Greif zum Aussteigen auf. Greif reagierte empört: „Soll ich von hier bis zum Campingplatz laufen? Da sind gut zwei Kilometer!" Hansen ging darauf nicht weiter ein: „Sie halten sich sb sofort aus den Ermittlungen im Fall Brigitte Schenkel raus. Ich werde sie zu finden wissen, wenn ich sie brauche."

5. Alibis und Indizien

Oberkommissar Mühlfeld traf pünktlich um 15.00 Uhr am vermeintlichen Tatort ein. Hansen ließ ihn warten. Er stand hinter einem Busch und beobachtete seinen Ribnitzer Kollegen. Mühlfeld ging unruhig hin du her. Ohne Rücksicht auf eventuelle Spuren des Tatortes zu nehmen. Es war heiß, sein Sakko war zu warm. Mühlfeld schwitzte, es ging ihm nicht gut. Hansen wollte den Bogen nicht überspannen. Nach 20 Minuten ging er festen Schrittes auf Mühlfeld zu. Er blieb zirka einen Meter vor ihm stehen. Ruhig sah er Mühlfeld in die Augen. Wer zuerst dem Blick auswich hatte verloren. Zwei Alphatiere standen sich gegenüber. Zwischen ihnen tobte ein Kampf. In der Urgesellschaft hätten sie sich mit ihren Holzkeulen den Schädel eingeschlagen. Jetzt wurden die Rangordnungskämpfe zivilisierter ausgetragen. Aber noch immer gab es Sieger und Verlierer. Mühlfeld senkte seinen Blick als Erster. Hansen schien im Vorteil zu sein, obwohl es anfangs ganz anders aussah. Aber er wusste, Mühlfeld war noch lange nicht geschlagen. Der gab nicht so schnell auf, für den hing zu viel davon ab. Er würde auch nicht wählerisch in der Wahl der Mittel sein.

Hansen hatte sich entschieden, die Informationen Peter Greifs nicht zu nutzen. Die ganze Stasikacke ging ihm auf die Nerven. Schlimm genug, dass es in der DDR sowas gab. Würde er das jetzt ausnützen, wäre er ein Nutznießer dieser Vergewaltigung der Menschenrechte. Das kam für ihn nicht in Frage. Er wollte zur Entlastung Heinz Ottos beitragen. Mehr nicht. Es war nicht seine Absicht, den Täter zu entlarven oder die Rolle der Stasi in den Polizeiorganen der DDR zu untersuchen. Das waren Aufgaben der örtlichen Kripo. Und Hansen wollte den Boden des Rechtstaates nicht verlassen.

Mühlfeld hielt dem Kräftemessen mit den Augen nicht stand. Hansen genügte dieser erste Sieg. Er sagte: „Am besten gehen wir gleich in medias res." Mühlfeld nickte, die lateinische Phrase war ihm bekannt, wollte er damit ausdrücken. Hansen begann zu fragen: „Welche Indizien sprechen für diesen Platz als Tatort. Ich konnte hier keine Blutspuren des Opfers feststellen, ebenso wenig finde ich Kampfspuren."

Mühlfeld sprach leise und hastig: „Hier wurde die Leiche gefunden. Also kommt diese Stelle als Tatort in die engere Wahl. Eindeutige Beweise konnten wir dafür noch nicht finden, diverse Indizien aber schon."

Hansen war von der Oberflächlichkeit Mühlfelds enttäuscht: „Kommen wir zur nächsten Frage. Wie wurde Brigitte Schenkel ermordet?"

Mühlfeld: „Sie wurde nicht lediglich ermordet sondern regelrecht zerstückelt, oder man kann auch sagen hingerichtet. Ihr wurden zahlreiche Stichverletzungen zugefügt, die linke Brust wurde abgeschnitten."

Hansen: „Aber dann müsste man ja hier sehr viel Blut finden."

Mühlfeld: „Der Mörder hatte die Leiche in einen großen Plastiksack gesteckt, da kam kein Blut durch."

Hansen: „Aber dann steht ja wohl fest, dass sie hier nicht getötet worden ist, sondern dass sie hier abgelegt wurde. In den Dünen, nahe am Campingplatz. Warum hat der Mörder sein Opfer ausgerechnet hier abgelegt, so dass man sie bald finden konnte. Und damit seine Spuren als Täter."

Mühlfeld zuckte wiederholt mit den Schultern. Endlich zog er das Sakko aus. Ein klitschnass geschwitztes Oberhemd kam zum Vorschein. Die Krawatte legte er allerdings nicht ab. Sie baumelte haltlos an seinem Hals. Er war extrem nervös und unsicher. Wie ein Schulkind, das vom Lehrer beim Mogeln erwischt worden ist.

Hansen nahm keine Rücksicht und fragte weiter: „Wie steht es mit der Tatzeit. Besser gesagt mit den Tatzeiten. Ich möchte hier den Plural verwenden. Einmal ist der

Zeitpunkt der Tötung zu bestimmen und zweitens der Zeitpunkt der Verbringung an diesen Platz."

Mühlfeld antwortete wieder ausweichend: „So schnell schießen die Preußen nicht. Die Forensik hat die Untersuchungen noch nicht abgeschlossen."

„Wer spricht denn hier von schnell", Hansen musste sich beherrschen, um nicht ausfallend zu werden, „die Tote wurde am Sonntagmorgen gefunden. Da muss doch jetzt die Tatzeitanalyse abgeschlossen sein." Und nach einer Pause: „Die Forensiker können in der Regel bei der Erstuntersuchung am Tatort schon einen voraussichtlichen Tötungszeitpunkt nennen. Können sie mir das Ergebnis verraten?"

Mühlfeld hatte die Nase voll. Er wollte sich nicht länger von Hansen vorführen lassen. Er zog sein Sakko wieder an und verabschiedete sich: „Mehr kann ich ihnen beim besten Willen nicht sagen. Ich muss jetzt wieder an meine Arbeit gehen." Damit ging er schweren Schrittes über die leicht schaukelnde Holzbrücke von dannen. Hansen holte ihn zügig wieder ein: „Kann ich wenigstens mit Heinz Otto sprechen. Wie hat er sich denn zu dem Tatvorwurf geäußert?"

Mühlfeld grinste in sich rein: „Heinz Otto ist noch nicht zur Sache vernommen worden. Wir haben ihm zuerst die notwendige Zeit zur Ausnüchterung und Besinnung gelassen. Sie haben Glück, mein Chef fährt heute Abend in den Urlaub nach Mallorca. Ich werde Otto morgen früh verhören. Kommen sie um Acht Null Null ins Revier, wenn sie wollen."

Hansen bemerkte, wie sich Mühlfeld sukzessive aus seiner Zwangsjacke zu befreien begann. Der Mann war einfach zu willensstark, um sich von Hansen erniedrigen zu lassen. Es war wohl klüger, ihm mehr die Rolle des Partners auf Augenhöhe zu gönnen, als ihn zu erpressen. Hansen lenkte deshalb ein: „Fürs erste schönen Dank, Kollege Mühlfeld. Ich komme morgen gerne dazu. Aber so viel können sie mir heute noch sagen. Wann wurde die Tote entdeckt?"

Mühlfeld antwortete ohne Zögern: „Sonntag im Morgengrauen. Genau um 7.00 Uhr von einer Hundebesitzerin. Sie hatte ihr Handy dabei und konnte uns so unverzüglich den grausigen Fund melden. Wir waren eine Stunde später vor Ort."

Heinz Otto bot einen jammervollen Anblick. Unrasiert und ungewaschen saß er in seinem alten NVA - Trainingsanzug im Verhörzimmer. Unsicher erhob er sich von seinem Stuhl, als Mühlfeld und Hansen den Raum betraten. Im Stehen wirkte er noch lächerlicher. Die Hosenbeine waren ausgebeult. Der Arsch hing ihm in den Knien. Seine Füße mit den schwarzen Socken steckten in alten Jesuslatschen. Lediglich die Frisur war dank seines Kurzhaarschnittes geordnet. Unwillkürlich musste Hansen schmunzeln. Der Mann war doch kein kalter Mordgeselle, eher ein peinlicher geiler Nacktbader. Auf jeden Fall aber war er eine Schande für die Polizei.

Mühlfeld übernahm sofort das Kommando: „Herr Otto, sie kennen den Tatvorwurf. Wollen sie ein Geständnis ablegen?" Das hatte gesessen. Hansen kannte diesen Stil der Vernehmung. Er hatte ihn selber oft erfolgreich angewendet, wenn es sich um weichliche Verdächtige handelte. Die Typen einen Tag und eine Nacht schmoren lassen und dann überrumpeln. Wenn sie wirklich die Täter waren, führte diese Taktik oft zum schnellen Geständnis. Wie würde Heinz Otto reagieren.

Hansen erschrak. Vor ihm saß nicht sein Freund und Kollege Kommissar Otto, sondern ein willenloses Häufchen Elend. Er stammelte: „Wieso Geständnis? Was soll ich denn gestehen? Sie haben mir zur Last gelegt, ich hätte Brigitte Schenkel umgebracht. Das ist doch wohl nicht wahr. Gibt es denn dafür glaubwürdige Zeugen? Ich kann mich an nichts erinnern. Ich war viel zu betrunken…" Und damit brachen ihm die Tränen aus dem Gesicht. Er konnte nicht mehr weiter sprechen."

Verdammt, der sabbert sich noch um Kopf und Kragen, Hansen musste dem Schauspiel schnell ein Ende bereiten. Er unterbrach Mühlfeld, der Otto fertigmachen wollte und sagte: „So geht das nicht. Herr Otto braucht anwaltlichen Beistand. Heinz, du sagts ab sofort ohne Anwalt kein Wort mehr." „Wenn das man kein Schuldanerkenntnis ist", Mühlfeld grinste. Er gewann wieder Oberwasser. „Dann also mit Anwalt." Er winkte dem Wachhabenden: „Bringen sie Herrn Otto wieder in seine Zelle. Er kann seinen Anwalt anfordern. Sobald der Rechtsbeistand da ist, setze ich das Verhör fort."

Hansen war ratlos. Er hasste es, wenn er dermaßen hilflos dastand. Mühlfeld hatte wieder Oberwasser gewonnen. Wenn ihm keine Ideen zuflogen, macht der Otto fertig. Hansen trat aus dem Polizeirevier. Er war noch beim Nachdenken, wie er einen geeigneten Anwalt für Otto finden konnte, als er einen leichten Schlag auf dem Kopf verspürte. Er zog reaktionsschnell den Kopf ein und warf sich hinter einer mannshohen Hecke in Deckung. Noch im Fallen riss er die Pistole aus dem Halter und brachte seine Waffe in Anschlag. Erst jetzt bemerkte er, dass er einer junge Frau vor die hübschen Beine gehechtet war. Die erschrak und rief laut nach Hilfe. Hansen sah nach oben, seine Augen fanden wie von allein ihren Weg an den wohlgeformten Schenkeln hinauf bis zum schwarzen Slip. Ihm wurde das Groteske der Situation mit einem Schlag bewusst. Er rief laut: „Alles Okay, ich bin Polizist!" Er wollte gerade aufstehen, als ihm eine brennende dickflüssige Pampe ins rechte Auge lief. Wenn das man nicht… Ehe er den Gedanken zu Ende bringen konnte, rief die elegante Dame lachend: „Sie haben gerade einen großen Möwenschiss abbekommen. Kommen sie doch mit in mein Büro, da können sie sich säubern."

Hansen pochte das Herz im Hals, sein Adrenalinpegel war auf Rekordniveau. Wovon eigentlich, fragte er sich. Von der vermeintlichen Attacke auf seinen Kopf oder von der erotischen Bodenperspektive. Das Angebot nahm er gerne an. An der Seite seiner neuen Bekannte ging er den gepflegten Kiesweg zu einer gelbgrünen Jugendstilvilla. Unversehens hörte er einen rauschenden Flügelschlag, der von einer großen Mantelmöwe stammte. Sie landete auf dem Rasen und plusterte keck ihr Gefieder. Mit Ihrem entenähnlichen Geschnatter schien sie sich über Hansen lustig zu machen. Was zu viel ist, ist zu viel. Hansen zog seine Pistole und erledigte den frechen Gesellen mit einem Schuss. „Mein Gott", der jungen Frau schien die Aktion zu gefallen, „das nenne ich treffsicher. Allerdings dürfte es Ärger geben, wenn sie hier so rumballern. Falls sie anwaltlichen Beistand benötigen, ich bin gern für sie da."

Hansen glaubte, seinen Ohren nicht trauen zu können. War das ein Zufall!? Das glaubt mir später kein Mensch, wo er doch gerade einen Anwalt suchte. Er lag ihm sozusagen zu Füßen. Oder besser, ihr zu Füßen. Denn eins stand für Hansen jetzt schon fest. Er wollte keinen anderen als diesen Rechtsbeistand für Otto. Schicksal hin oder her. Schöne Beine sind auch ein wichtiger Grund bei der Wahl des richtigen Anwaltskanzlei.

Hansen steckte seine Dienstwaffe ein und sagte: „Sie vermuten schon richtig, dass ich einen Rechtsbeistand benötige. Allerdings geht es dabei nicht um eine tote Möwe sondern um eine ermordete Frau."

„Aha", sagte die Anwältin nur", na dann kommen sie mal rein in die gute Stube. Ich bin Dr. Ingrid Wahl, Teilhaberin der Anwaltssozietät Richter und Kollegen."

„Sehr angenehm, Hauptkommissar Horst Hansen, Leiter der Quedlinburger Mordkommission."

Ingrid Wahl öffnete mit einer einladenden Geste die Badezimmertür: „Hier können sie sich in Ordnung bringen. Ich besorge uns erst einmal einen ordentlichen Espresso."

Hansen brauchte einige Minuten, um sich die Möwenscheiße von Kopf und Jacke zu waschen. Er zog das Sakko lieber aus, weil es trotz seiner Bemühungen immer noch penetrant stank. Ingrid Wahl erkannte sein Dilemma. Burschikos zog sie sein Hemd aus und wusch ihm danach den Kopf. Der dabei entstandene körperliche Kontakt war Hansen nicht unangenehm. Hansen, Hansen, sagte er zu sich, pass auf, alter Sünder.

Ingrid Wahl zeigte keinerlei Emotionen. Sie blieb sachlich und konzentriert: „Sie sprachen von einer getöteten Frau. Handelt es sich dabei um den Vorgang im Campingressort Prerow? Sind sie ein Verdächtiger?"

„Nein, zum Glück nicht", erwiderte Hansen, „betroffen ist ein Kollege von mir aus Quedlinburg, Polizeikommissar Heinz Otto. Können sie ihm als Rechtsbeistand zur Verfügung stehen?"

„Das ist keine Frage", antwortete sie rasch, „selbstverständlich stehen wir ihnen jederzeit zur Verfügung."

Hansen reagierte unerwartet offen: „Nicht wir, liebe Frau, sondern ich will sie als Rechtsbeistand haben. Und wenn sie mich fragen warum, sagen ich ihnen unverblümt, weil sie mir sympathisch sind."

Das Gespräch wurde von der Türglocke unterbrochen. Da das Anwaltsbüro nicht besetzt war, ging Ingrid Wahl selber zur Haustür. Sekunden später stand sie mit zwei uniformierten Polizeibeamten vor Hansen. „Das ist er, Hauptkommissar Hansen, Leiter der Quedlinburger Mordkommission", sagte sie lächelnd. Hansen sah den beiden Beamten an, dass ihnen nicht wohl war, einem Hauptkommissar entgegen treten zu müssen.

„Was ist, Kollegen, womit kann ich ihnen helfen?", sagte Hansen ruhig. Der ältere Polizist murmelte undeutlich: „Entschuldigen sie, Herr Kommissar, uns liegt eine Anzeige vor. Es wird behauptet, sie hätten eine seltene Möwe erschossen. Im Stadtgebiet ist das nicht erlaubt. Wie stehen sie zu dem Vorwurf?"

Hansen war derartige Konfrontationen gewohnt. Denn er neigte zum Jähzorn und konnte sich nicht immer beherrschen. Noch bevor er explodierte sprang ihm Ingrid Wahl zur Seite: „Aber Herr Wendland, sie glauben doch wohl nicht, dass ein Hauptkommissar ohne wichtigen Grund seine Dienstwaffe einsetzt? Die betroffene riesengroße Mantelmöwe war alles andere als selten. Sie war gemeingefährlich und hat Herrn Hansen angegriffen. Er handelte in reiner Notwehr, um Gefahren für Leib und Leben abzuwenden, gemäß §§ 227 Abschnitt 2 BGB."

Polizeiobermeister Wendland sah Ingrid Winter skeptisch an: „Sie meinen also als Juristin, dass der Paragraph soundso auch für Jackenmöwen gilt?" Ingrid Wahl blieb äußerlich seriös: „Mantelmöwen, Herr Wendland, nicht Jackenmöwen. Mantelmöwen gelten allgemein als sehr mutig und aggressiv. Es kommt immer wieder vor, dass sie selbst Seeadlern und Heringshaien die Beute abjagen. Herr Hauptkommissar Hansen weiß das und musste deshalb sich und mich in adäquater Weise vor dieser gefährlichen Raubmöwe schützen."

Polizeiobermeister Wendland wirkte erleichtert, als er sich von Horst Hansen und Ingrid Wahl verabschieden und auf weitere polizeiliche Maßnahme verzichten konnte.

Hansen war mit der Wahl seiner Anwältin sehr zufrieden. Er bat sie, unverzüglich zu Heinz Otto zu fahren und ihm bei den bevorstehenden Verhören zu sekundieren.

Heinz Otto war mit körperlichen Vorzügen nur sparsam beschenkt worden. Er war eher klein als groß, eher dick als schlank. Und er hatte eine trockene Haut. Was dazu führte, dass er eher selten als zu oft duschte. Es störte ihn deshalb nicht, dass seine Zelle keine Duschgelegenheit bot. Aber er hatte wenigstens frische Unterwäsche, eine saubere langbeinige Hose und ein sauberes Campinghemd an, als er seiner Anwältin zum ersten Mal gegenüber saß. Dafür hatte Horst Hansen gesorgt. Trotzdem duftete Heinz Otto nicht wie ein Veilchen, sondern stank wie ein verschwitzter, ungeduschter Mann.

Dr. Ingrid Wahl nahm das klaglos hin, bemühte sich allerdings auch um einen möglichst großen Abstand zu ihrem neuen Klienten. Sie hatte Erfahrungen mit der psychischen Verfassung von inhaftierten Verdächtigen und kam deshalb nicht sofort auf den Tatverdacht zu sprechen, sondern bemühte sich, ihrem Klienten eine möglichst freundliche Atmosphäre zu bieten. „Ihr Kollege Hauptkommissar Hansen hat mich gebeten, sie anwaltlich zu begleiten", sagte sie freundlich, „ich bin Rechtsanwältin Ingrid Wahl und bin auf dem Darß aufgewachsen. Sie sehen, dass wir gemeinsame Wurzeln in der DDR haben."

Heinz Otto atmete auf. Gut gemacht, lieber Kollege Hansen, sagte er zu sich. Mit einer Westanwältin hättest du mir auch nicht kommen dürfen. Hübsch ist sie außerdem noch. Heinz Otto war zufrieden. Ohne weitere Fragen zu stellen unterschrieb er den Anwaltsvertrag. Ingrid Wahl beendete damit den ersten Kontakt mit ihrem Mandanten. Sie wollte danach die Akten der Polizei zu diesem Verfahren einsehen. Bevor sie ging, beschwor sie Heinz Otto, ohne anwaltlichem Beistand keine weiteren Aussagen zu machen. Schon gar nicht seine spontane Äußerung zu wiederholen, er wüsste nicht mehr, was er getan habe. Ungeschickter könne man kaum noch sein. Denn das wäre im Prinzip ein Schuldeingeständnis

Als sie an der Bürotür von Oberkommissar Mühlfeld klopfte erhielt sie ein forsches „Herein, wenn es nicht das Finanzamt ist" zur Antwort. Sie kannte Mühlfeld und war alles andere als froh darüber, dass er die Ermittlungen in diesem Fall leitete. In Anwaltskreisen war er wegen seines ungeschliffenen Benehmens unbeliebt. Ingrid Wahl empfand einen direkten Ekel, wenn sie es mit diesem dicken, schwitzenden und stinkenden Mann zu tun bekam. Sie hatte sich aber unter Kontrolle und öffnete energisch die Tür. „Guten Tag Herr Oberkommissar", sagte sie mit aufgesetzter Freundlichkeit, „ich wurde von Herrn Otto als anwaltliche Begleitung unter Vertrag genommen und möchte jetzt bitte ihre Ermittlungsakten zu diesem Fall einsehen."

Mühlfeld stand auf und reichte seiner Besucherin zur Begrüßung seine schwitzende Hand: „Mir ist es sehr angenehm, dass sie den Auftrag erhalten haben. Wir sind doch alte Bekannte. Wobei alt in ihrem Falle unpassend ist. Ich kenne sie, seitdem sie von ihren Eltern im Kinderwagen durch Prerow gefahren wurden. Ihrer Familie gehört doch dort das berühmte Café. Der Kuchen ist sensationell, war er aber schon immer. Grüßen sie bitte ihre Eltern von mir."

Ingrid Wahl bedankte sich artig für die Grüße. Irgendwas stimmte hier nicht. Der Mann war einfach zu freundlich und kooperationsbereit. Sie hatte nicht damit gerechnet, dass er die Akteneinsicht so widerstandslos erlaubte. Sie musste unbedingt Hansen fragen, wie diese

Hilfsbereitschaft zustande kam. Die Akten waren wenig aussagekräftig. Die KTU hatte den Fundort der Leiche nur oberflächlich nach Indizien abgesucht. Es gab keine belastenden Indizien für ihren Mandanten. Der forensische Bericht war noch druckfrisch gerade eben aus dem Faxgerät gekommen. Sie schüttelte sich beim Lesen vor Grauen. Das Opfer war mit neun Messerstichen getötete worden. Die Stiche waren tief in den Oberkörper der Frau eingedrungen. Dabei wurden Organe wie das Herz oder die Lunge eher zufällig verwundet. Das alles sprach nicht für einen eiskalten Mörder, eher sah es nach einem Blutrausch aus. In dieses Bild passte auch die abgeschnittene linke Brust. Das abgetrennte Körperteil befand sich nicht in dem großen Kunststoffsack mit der Leiche des Opfers. Der Täter hatte dieses Objekt aus Haut und Fleisch entweder verloren, oder, was auch nicht auszuschließen war, er hatte es bewusst behalten.

Ingrid Wahl hatte fürs erste genug erfahren. Für sie stand fest, dass ihr Mandant unmöglich der Täter sein konnte. Jetzt wollte sie ihre Informationen mit Horst Hansen auswerten, um dann ihren Klienten aus der Haft befreien. Das konnte sie mit bestem Gewissen leisten. Sie hatte einen Unschuldigen zu verteidigen, das war ihr wichtig. Nicht dass sie einen Mörder nicht als Rechtsbeistand zur Verfügung gestanden hätte. Jeder hat in einem Rechtsstaat Anspruch auf ein korrektes Verfahren. Aber ihr war es lieber, wenn ihr Mandant unschuldig war. Auch wenn das weniger Publicity für die Verteidigung einbrachte.

Horst Hansen hatte in der Kanzlei geduldig auf die Rückkehr Ingrid Wahls gewartet. Das Warten war ihm nicht langweilig geworden, denn die Büroleiterin, eine aparte Mitvierzigerin, stammte aus Hamburg. Die Anwältin überraschte die beiden bei einem gemütlichen Snack mit Kaffee und Kuchen. Ingrid Wahl bemerkte mit Unbehagen, wie in ihr eine Sympathie für Horst Hansen zu wachsen begann. Nachdem sie mehrfach belogen und betrogen worden war, hatte sie eigentlich genug von den Männern. Und dann legte ihr das Schicksal dieses Prachtexemplar vor die schönen Beine. Reiß dich zusammen, sagte sie zu sich selbst, der Mann hat bestimmt Frau und Kinder. Aber, wie das so ist, Gefühle lassen sich nicht steuern, höchstens gewaltsam unterdrücken. Sie konzentriere sich deshalb auf ihre anwaltlichen Aufgaben. Diese schlossen ihre Verpflichtung zur Vertraulichkeit ein. Sie durfte Hansen nicht direkt über den Inhalt der Polizeiakten informieren. Sie wollte es trotzdem tun. Hansen war kein Greenhorn, sie konnte sicher sein, dass er ihre vertraulichen Ausführungen für sich behielt. Aber nicht hier. Sie schlug Hansen vor, dass sie sich in Prerow den Fundort der Leiche ansehen und Gespräche mit Zeugen führen möchte. Vorher wollte sie mit ihm zu Mittag essen.

Hansen hatte feine Instinkte, wenn es um Frauen ging. Er spürte, dass diese schöne Kühle Sympathie für ihn entwickelte. Er konnte und wollte das nicht verhindern. Sie zog ihn schon an. Warum sollte er nicht ein bisschen flirten. Ohne festen Plan mit der Frau Umgang haben. Er kam ja sonst noch ganz aus der Übung.

Nach Prerow fuhren sie getrennt. Hansen mit seinem angestaubten Citroen XM, Ingrid Wahl mit einem schwarzen VW EOS. Hansen kannte den Wagen noch nicht. Mit Interesse verfolgte er, wie das elegante Auto das große Dach zusammenklappte und im Kofferraum verstaute. „Da haben sie aber einen tollen Wagen", komplimentierte er, „sieht allerdings etwas behäbig aus. Meine Frau fährt einen SLK von Mercedes. Der hat satte 164 PS."

Also doch, der Mann ist verheiratet. Dann wäre diese Versuchung erledigt. Sie lächelte ihn an: „Der sieht weder behäbig aus, noch ist er lahm. Der Wagen hat 216 PS und erreicht eine Spitze von 240 Km/h." Damit trat sie auf das Gas, das Direktgetriebe schaltete die Gänge zügig hoch und Hansen blieb das Nachsehen. Da kam sein betagter Franzose nicht mit. Vielleicht steht die Abschiedsstunde von seinem geliebten und gehassten Citroen bevor. Er würde sich darüber Gedanken machen. Aber alles zu seiner Zeit.

Hansen hatte mit sich selber gesprochen. Er tat das oft, um sich gedanklich zu orientieren. Wenn er laut mit sich selber sprach, dachte er gründlicher nach. Gedanken sind schnell und flüchtig. Sie springen hin und her. Worte und Sätze wollen ausgewählt und gewogen werden, ehe man sie ausspricht. Das gesprochene Wort hat mehr Substanz, es bleibt länger am Leben.

Er hatte seine Überlegungen zum Autowechsel laut ausgesprochen. Es war, als hätte sein treuer Begleiter das gehört. Er nahm seinem Fahrer diese Treulosigkeit offenbar übel. Denn es war doch keine Zufall, dass am Ortseingang von Prerow der Motor ruckartig stehenblieb. Der Wagen rollte noch bis zum Parkplatz. Dann schlugen alle Versuche fehl, den Anlasser zu betätigen. Nichts rührte sich mehr. Hansen musste sich wohl oder übel zu Fuß auf den Weg zum Italienischen Restaurant an der Hauptstraße begeben. Ingrid Wahl wartete schon auf ihn: „Herr Hansen, wo bleiben sie denn. So schnell bin ich doch gar nicht gefahren." Hansen grummelte: „Auto kaputt, muss wohl ein neues her, aber jetzt wollen wir uns auf die Erlösung von Heinz Otto konzentrieren."

Die Anwältin griff wortlos zum Telefon und rief einen bekannten Autohändler an. Der kam schnell, lud Hansens Wagen auf und stellte ihm einen Ersatzwagen hin. Einen gepflegten Volvo V70 mit reichlich Leistung. Das dauerte nicht länger als das Mittagessen. Hansen war schon überrascht. Solchen Service hätte er in dieser Ostprovinz nicht vermutet. Er setzte sich in das gut ausgestattete Auto und verliebte sich sofort in diesen Wagen. „Warum auch nicht", sagte er, „wir gehören jetzt zusammen. Ich bin Hauptkommissar Hansen, kannst aber Horsti zu mir sagen." Und zu dem Verkäufer gewandt: „Wieviel PS hat denn dieser schnelle Schwede?"

„300 PS aus einem Fünfzylinder Reihenmotor mit Hochdruck Turboaufladung. Sein Drehmoment beträgt

350 Newtonmeter. Das Automatikgetriebe hat fünf Gänge", die Antwort kam wie aus der Pistole geschossen. Hansen gab sich keine Mühe, sein Interesse zu verbergen: „Der Wagen würde mir schon gefallen, was soll er den kosten."

Inzwischen hatte sich eine Menschentraube um den Volvo gebildet. Der Verkäufer schrieb eine Zahl auf einen Zettel. Hansen warf einen kurzen Blick darauf, streckte dem Verkäufer die Hand entgegen und sagte: „Geht in Ordnung wenn sie mir noch ein paar Scheine für meinen Citroen geben. Und wenn die Probefahrt mich zufrieden stellt."

Ingrid Wahl zeigte mit dem Finger auf ihre Armbanduhr: „Bitte nicht so lange. Ich muss dringend zurück nach Ribnitz." Hansen lachte: „Kommen sie doch einfach mit. Das wird bestimmt ein großer Spaß!" Sie schüttelte nur den Kopf: „Ihr großen Junges seid doch alle gleich. Jedes Spielzeug müsst ihr ausprobieren. Wir treffen uns in spätestens einer halben Stunde bei Frau Otto auf dem Zeltplatz."

Hansen fuhr mit quietschenden Reifen los.

6. Heinz Otto

Hansen stampfte lustlos durch den lockeren Sand. Er mochte es nicht, an der Ostsee den Strandläufer zu spielen. Die asphaltierten Uferwege an der Nordsee sagten ihm mehr zu. Wäre er doch nur zu Hause geblieben. Endlich erreichte er den FKK – Zeltplatz. Wo stand noch Ottos Zelt? Seine Badehose hatte er wohlweislich ausgezogen, um Pöbeleien Halbstarker zu vermeiden. Der Penis baumelte friedlich im warmen Seewind und genoss wie sein Besitzer den Anblick unbekleideter Frauen. Sein Blick blieb am Körper einer blonden Frau hängen. Mein Gott, die war perfekt. Da gäbe es für einen Schönheitschirurgen aber auch gar nichts zu verbessern. Jetzt drehte sie sich voll zu ihm hin und er konnte ihren Schambereich sehen. Alles perfekt, die Behaarung nicht zu klein und nicht zu dick. Genauso, wie er es gerne hatte. Eine Kinderstimme holte ihn ins hier du jetzt zurück: „Gucke mal, Mama, der Onkel hat aber einen dicken Pullermann!"

Mon Dieu wie peinlich. Sein kleiner Hansen war unbemerkt erigiert. Der freche Junge hatte so laut gesprochen, dass sich alle Menschen im Umkreis von fünfzig Metern umdrehten. Hansen erstarrte zur Salzsäule. Sein eigensinniger Spaßmacher dagegen reagierte überhaupt nicht. Jeder Mann weiß, wie schwer es ist, eine ungewollte Erektion schnell zu korrigieren. Das dauert schon seine Zeit. Hansen kam auch nicht auf das Naheliegendste, nämlich einfach das Handtuch davor halten. So stand er nackt und schamrot, bis ihm die Verursacherin seiner Erektion zuwinkte. Erst jetzt erkannte er sie. Es war Ingrid Wahl: „Hallo Herr Kommissar, hier bin ich. Na, hatten sie Spaß?" Zu spät bemerkte sie ihren Fauxpas. Ein dröhnendes Gelächter entlud sich aus den gaffenden Köpfen. Ein Spaßvogel setzte noch einen drauf: „ Vorsicht Leute, großer Polizeiknüppel ist einsatzbereit!"

Ingrid Wahl warf sich rasch einen Badeumhang über und entschuldigte sich für ihre Äußerung. Hansen winkte generös ab: „Halb so schlimm. Mir ist doch nichts Menschliches fremd." Im Stillen nahm er ihr den Eklat doch sehr übel und konnte nie glauben, dass diese kultivierte und kontrollierte Frau diese Äußerung ohne Hintergedanken gemacht hatte. Er zog Hose und T-Shirt an und forderte Ingrid Wahl auf, mit ihm zum Fundort des Opfers zu gehen. Ohne sich darum zu kümmern, ob sie seiner Aufforderung folgte, stampfte er durch den knöcheltiefen Sand. Seine Begleiterin konnte mit ihm kaum Schritt halten.

Der Fundort bot der Anwältin keine neuen Erkenntnisse. Es war aber für ihre Meinungsbildung und Verteidigungsstrategie unerlässlich gewesen, sich diesen Ort genauer angeschaut zu haben. Sie unterstützte Hansens Auffassung, dass es sich hier nicht um den Tatort handelte. Ihr wurde klar, wie oberflächlich die Ribnitzer Kripo den Fall untersucht hatte. Es war so offensichtlich, dass sie Heinz Otto als Täter opfern wollten, dass es schon wieder unglaubwürdig war. Hatten diese erfahrenen Kriminalisten wirklich angenommen, dass sie mit dieser schlampigen Ermittlung bei Gericht durchkamen. Auf jeden Fall hatten die Strippenzieher dieses fingierten

Falles nicht bedenken können, dass mit Horst Hansen ein erfahrener Kriminalbeamter auftauchte und sich wie Ritter Lancelot aus König Artus Tafelrunde vor seinen Kollegen stellte. Das Schwert gezogen, die Lanze wurfbereit.

Ergebnisreicher als die Besichtigung des Fundortes der Getöteten war für die Anwältin das Gespräch mit Frau Otto gewesen. Die Ehefrau war nicht untätig geblieben, sondern hatte sich um Entlastungszeugen für ihren geliebten Heinz bemüht. Sie hatte ein mehrseitiges Gesprächsprotokoll angefertigt. Mit Bleistift auf kariertem Papier. Einen Durchschlag gab sie Hansen. Sie hatte dafür alte Kohlebögen benutzt. Hansen und Ingrid Wahl nahmen sich noch die Zeit, die Notizen zu überfliegen. Es gab mehrere Zeugen, die Heinz Otto zwischen 24.00 Uhr und 2.00 Uhr schlafend am Strande sahen. Einer hatte vergeblich versucht, ihn wachzurütteln. Er war offensichtlich völlig betrunken, seine Jacke war von Erbrochenem beschmutzt. Das spätere Mordopfer wurde von mehreren Zeugen gegen 2.00 Uhr zuletzt gesehen, wie sie im Bikini am Strand in Richtung Ortsmitte gelaufen war. Sie war allein, rauchte und hielt eine halbvolle Flasche Sekt im Arm. Das waren wichtige Aussagen, die Otto entlasteten.

Warum hatte die Ribnitzer Kripo diese Befragungen nicht gemacht? Was um alles in der Welt hatte dieser Mühlfeld gegen Otto? Oder ging es ihm nicht speziell um Otto, sondern nur darum, den Fall schnell abzuschließen?

Die Anwältin setzte sich in ihr Auto und fuhr Richtung Ribnitz. Sie wollte sich um eine richterliche Haftprüfung bemühen, um Heinz Otto bald aus seinem Kerker zu erlösen. Als sie in der Kanzlei eintraf, wurde sie von der Büroleiterin darüber informiert, dass die Kripo angerufen habe. Der Oberkommissar Mühlfeld wolle am nächsten Morgen ab 8.00 Uhr das Verhör mit Heinz Otto fortsetzen. Ob das mit ihrem gefüllten Terminplan zu vereinbaren war, interessierte Mühlfeld herzlich wenig. Die Anwältin rief umgehend Hansen an, um ihn zu fragen, ob er an diesem Verhör teilnehmen wird. Hansen wusste von nichts. Er intervenierte umgehend bei Mühlfeld und bestand auf seine Teilnahme am Verhör. Mühlfeld lehnte ab, ohne dafür einen Grund zu nennen. Das klang nicht gut. Was führte Mühlfeld im Schilde? Er schien sich wieder überlegen zu fühlen. Worauf beruhte diese Demonstration seiner Stärke?

Hansen verabredete sich mit Ottos Anwältin zum Abendessen, um die Verteidigungstaktik für Heinz Otto zu besprechen. Conny Hansen war von dieser Verabredung alles andere als erbaut. Die Erektion ihres Mannes war in Prerow Gesprächsthema Nummer eins und hatte demzufolge Conny innerhalb einer Stunde erreicht. Sie wollte ihrem Horst ja nicht misstrauen, aber die Hand konnte sie auch nicht für ihn ins Feuer legen.

Als Hansen nach Hause kam, um sich frische Sachen anzuziehen, verlor Conny die Beherrschung. Obwohl sie sich zurückhalten wollte, platzte ihr doch der Kragen:

„Das habe ich mir etwas anders vorgestellt", fauchte sie Hansen an, „wir sind im Urlaub und nicht auf Verbrecherjagd. Wenn du schon tagsüber für Ottos Freilassung kämpfst, kannst du wenigstens abends und nachts zu Hause bleiben. Deine neueste Flamme scheint ja wohl keine Grenzen zu kennen. Und dass du scharf auf sie bist, weiß in Prerow jedes Kind."

Hansen wurde von dieser Gefühlsexplosion überrascht. Ihm wurde schlagartig klar, dass er entscheiden musste, wie sich seine Ehe entwickelte. Gab er jetzt nach, musste er das immer wieder tun. Bisher war er der Chef. Seine Frau hatte es sogar geliebt, an der Seite eines souveränen Mannes zu leben. Dann musste sie auch akzeptieren, dass er selber entschied, mit wem er sich wann dienstlich traf. Für einen Ermittler gab es keine freie Zeit. Das musste er Conny liebevoll aber bestimmt vermitteln. Doch Hansen hatte nach all den Anstrengungen dafür keine Kraft mehr. Er antwortete wütend: „Erklär du mir bitte nicht, wie ich meine Arbeit zu machen habe. Ich bin gegen 22.00 Uhr wieder hier!" Damit schloss er geräuschvoll die Haustür und verschwand in den Dünen.

Gegen 22.00 Uhr, als er zurück kam, hatte Cornelia ihm die Entscheidung abgenommen. Die Ferienwohnung war leer. Hansen war fassungslos. Damit hatte er nicht gerechnet. Nicht eine Sekunde lang war er auf den Gedanken gekommen, dass seine Frau sich von ihm trennen könnte. Er hatte ihre Stärke unterschätzt. Wie selbstverständlich hatte er sich in der Rolle des

Familienoberhauptes gesehen und sich einen Dreck um Empathie für seine Frau bemüht. Auch jetzt dominierten ihn Wut und Enttäuschung, nicht Traurigkeit oder Selbstzweifel.

Hansen hatte völlig vergessen, dass ihn Ingrid Wahl zu seiner Ferienwohnung begleitet hatte. Ihre Stimme holte ihn ins Jetzt zurück: „Was um alles in der Welt hat das zu bedeuten, wo sind ihre Frau und ihr Sohn? Denen wird doch hoffentlich nichts zugestoßen sein?" Hansen winkte nur ab: „Nein, machen sie sich bitte keine Sorgen. Ich möchte jetzt auch besser alleine sein. Wir sehen und sprechen uns morgen."

Hansen kam erst jetzt auf die Idee, sein Mobiltelefon zu benutzen. Nach dreimaligen Ertönen des Ruftons hörte er die vertraute Stimme seiner Frau. Hansen fragte barscher als er wollte: „Wo seid ihr denn, was hat das zu bedeuten?" Cornelia wimmelte ihn ab: „Ich möchte in diesem Augenblick mit dir nicht darüber diskutieren. Ich musste einfach weg, um nachzudenken, wie es mit uns weitergehen soll. Mir und Ole geht es gut. Suche uns nicht, du kannst uns leicht finden. Ich will dich aber vorerst nicht sehen. Ich melde mich dann wieder. Tschüss und schlaf gut."

Hansen konnte diesen Schlafwunsch nicht erfüllen. Er kam einfach nicht zur Ruhe und war lange vor der Morgenröte wach. Für ihn war es ein Leichtes, das Handy seiner Frau orten zu lassen. Es war ein Gebäude an der Warnemünder Uferpromenade. Er konnte nicht anders, er musste sie sofort aufsuchen. Nach einem flüchtigen Frühstück, bestehend aus einer Tasse Kaffee schwarz und einem Marmeladenbrötchen, trieb er seinen Volvo ostwärts nach Warnemünde. Er kannte diesen seewärts gelegenen Stadtteil der alten Hansestadt Rostock noch nicht. Zum Glück hatte er in das Navy die Koordinaten von Cornelias Handy eingegeben und fand dergestalt schnell sein Fahrtziel. „Hotel Stoltera" war der Name dieses markanten Gebäudes am westlichen Ende der breiten Warnemünder Uferpromenade.

Hansen parkte seinen Volvo direkt vor dem Hoteleingang und betrat forschen Schrittes das Haus. In der Rezeption lümmelte ein junger Angestellter mit übergeschlagenen Beinen. Er grinste, als Hansen sich nach dem Zimmer seiner Frau erkundigte: „Die Zimmernummern unserer Gäste müssen wir vertraulich behandeln. Ich kann aber eine Ausnahme machen und die Dame anrufen, insofern sie in unserem Haus eingecheckt hat. Bitte nehmen sie solange im Foyer Platz." Hansen sah nervös auf die altmodische Uhr an der Rezeption. Gerade 8.00 Uhr, so früh am Tag.

Er war in weniger als einer Stunde von Prerow nach Warnemünde gerast. Unruhig trat er von einem Bein auf das andere. Warum dauerte das so lange. Flüchtig nahm er an einer Informationstafel zur Kenntnis, dass dieses Gebäude um 1915 als Hotelbau fertiggestellt worden war. Es hieß Hotel Hohenzollern. Später kaufte es der Besitzer der Heinkel Flugzeugwerke, wurde aber nach dem

Kriegsende enteignet. Das Haus gelangte in die Hände der DDR- Führung und diente ab 1960 als Gästehaus der Sozialistischen Einheitspartei des Rostocker Bezirkes. Privilegierte Funktionäre und Künstler konnte hier in bester Lage am Ostseestrand logieren. Nach der deutschen Vereinigung wurde es von einem Rostocker Arzt erworben. Der äußere Zustand und die innere Ausstattung bildeten ein Konglomerat von Stilelementen des Jugendstils und des barocken Sozialismus. Der neue Eigentümer ließ sich offensichtlich Zeit damit, das wertvolle Objekt umfassend zu modernisieren. Das schien die Gäste aber nicht zu stören. Das Haus war sehr beliebt und jetzt, im Hochsommer, ausgebucht. Cornelia hatte wohl Glück gehabt, hier ein freies Zimmer zu bekommen.

Hansen hatte genug gelesen. Er ging zur Rezeption. Der junge Lümmel zuckte mit den Schultern: „Ich kann derzeit leider nichts für sie tun. Bitte gedulden sie sich noch, sobald ich ihnen Auskunft erteilen kann, melde ich mich bei ihnen." Hansen war drauf und dran, die halbe Portion am Kragen zu packen, als hinter ihm eine vertraute Kinderstimme loskreischte: „Papa, Papa, lieber Papa!" Ole kam angerannt. Cornelia konnte das nicht unterbinden, der kleine Kerl war schneller als das Licht. Cornelia machte aus ihrer Verärgerung kein Geheimnis: „Ich möchte jetzt und hier nicht mit dir reden. Lass uns zusammen frühstücken. Dann fährts du wieder. Ich werde mich bei die melden, wenn ich so weit bin."

Der Rezeptionist hatte die Szene aufmerksam verfolgt. Er eilte zu Cornelia und fragte sie ausnehmend höflich, ob die Dame wünsche, dass er für sie und den Herrn einen Frühstückstisch decken ließ"

Nachdem die kleine Familie Platz genommen hatte konnte Hansen sich nicht die Frage verkneifen, wie sie es geschafft hatte, in diesem Hotel so kurzfristig ein Zimmer zu bekommen. Cornelia klärte ihn ungern auf: „Das Hotel gehört Heiner Meyer, einem Rostocker Arzt. Wir kennen uns schon lange. Er stammt aus Thale, wir waren als Teenager mal ein Paar. Ich habe ihn gestern angerufen. Sein Fahrdienst hat mich von Prerow geholt. Ich kann hier ein paar Tage bleiben, will aber bald nach Hause."

Obwohl Hansen weitere Fragen auf der Zunge brannten, zog er es vor, besser den Schnabel zu halten. Jugendliebe Dr. Heiner Meyer, warum hatte sie ihm nie von diesem Typen erzählt. Ob der sie gestern nur abholen ließ…? Als ob der Rezeptionist diese Frage gerochen hätte, kam er an den Tisch und sagte: „Herr Dr. Meyer lässt ausrichten, dass er mit seinem Rückflug von New York Verspätung hat. Er kommt nicht vor morgen in Frankfurt an. Wenn sie Zeit haben, auf ihn zu warten, würde er sich sehr freuen." Cornelia nickte nur: „Ich rufe ihn selber an, vielen Dank. Ich werde heute Mittag von einem Wagen aus Thale abgeholt. Das Zimmer ist ab 14.00 Uhr wieder frei."

Damit stand sie auf, gab Hansen einen flüchtigen Kuss auf die Wange: „Ich melde mich, pass auf dich auf."

Wie benommen ging Hansen durch die Hoteltür. Das sah nicht nach einer leichten Ehekrise aus. Er war sich aber immer noch keiner Schuld bewusst. Was warf sie ihm nur vor? Er macht doch nur seine Arbeit. Warum passt ihr das auf einmal nicht? Und wo war nun sein Auto, hatte er den Volvo nicht hier abgestellt? Oder vielleicht doch nicht hier, sondern auf dem kleinen Parkplatz. Seine Augen suchten das Terrain ab. Der Wagen soll ja eine Suchfunktion haben. Er drückte lange den Autoschlüssel. Richtig, ein andauerndes Hupen setzte ein. Da sah er seinen Volvo auf einen Abschleppwagen davon fahren. Hupend und blinkend zog er viele schadenfrohe Blicke auf sich. Der Rezeptionist stand hinter Hansen: „Is ja nun mal Schade, dass mit ihrem Wagen. Sie können ihn aber in Gehlsdorf abholen. Taxi?"

Hansen vergrub seine Hände ihn den Handlauf der Treppe. Nur jetzt nicht die Nerven verlieren. Der kleine Hoteldiener hatte seine Genugtuung, sie sei ihm gegönnt. Hansen drehte sich um: „Taxi, gute Idee. Hier, das wäre für ihre freundlichen Bemühungen." Und er drückte dem verdatterten Burschen fünfzig EURO in die Hände. Der war so verblüfft, dass er Hansen anbot, ihn zum Stellplatz der abgeschleppten Autos zu fahren. Hansen war es nur Recht. Zu spät bemerkte er, dass der junge Mann einen Trabant fuhr. Er kroch mit saurer Miene auf den Beifahrersitz, woraufhin der Fahrer mit Vollgas losfuhr. „Verdient man denn im Hotel Stoltera bei Dr. Meyer so schlecht, dass sie diese alte Karre fahren müssen", konnte Hansen sich nicht verkneifen. Und da er keine Antwort erhielt, nutzte er die Gelegenheit, um mehr über den Hotelbesitzer Dr. Meyer zu erfahren: „Kann sich ein Arzt eigentlich genug um sein Hotel kümmern. Es macht doch zwanzig Jahre nach der Wende immer noch keinen guten Eindruck." So direkt angesprochen konnte der Gefragte schlecht weiter schweigen.

Sie fuhren auf der Stadtautobahn von Warnemünde nach Rostock. Hier galt ein Tempolimit von 80 km/h, was exakt dem optimalen Reisetempo des Trabants entsprach. Der junge Mann antwortete überraschend offenherzig: „Für mich stellt sich diese Frage anders. Dr. Meyer ist Chefarzt in der Chirurgischen Universitätsklinik. Ich studiere nebenbei gesagt Humanmedizin im achten Semester. Die Hotelbelegschaft ist froh und dankbar, einen Chef wie Dr. Meyer zu haben. Der ist uns hundertmal lieber als so ein geleckter Westmanager. Er modernisiert das Haus sukzessive, so wie ihm die Mittel zur Verfügung stehen. Unsere Gäste stören sich nicht daran, dass noch Manches aus DDR Zeiten zur Einrichtung gehört. Ganz im Gegenteil, sie fühlen sich wohl in dieser vertrauten Umgebung."

Hansen nickte: „Mir gefällt, was sie da sagen. Kann ich gut nachvollziehen. Und ihr Dr. Meyer, hat der eigentlich Familie, ich meine Frau und Kinder?" Der junge Mann lächelte als er antwortete: „Ich weiß es gar nicht genau. Sie fragen wohl wegen ihrer Frau. Dr. Meyer war wohl verheiratet, seine Frau wollte seinen Lebensstil aber nicht auf Dauer mitmachen. Ich meine, viel arbeiten und bescheiden leben. Übrigens haben sie Dr. Meyer heute gesehen. Er saß mit ihnen im Foyer. In seinem Kittel hält man ihn leicht für den Hausmeister." Hansen erstaunte: „Ich denke, sein Flieger hat in New York Verspätung?" Der junge Mann hatte schon wieder einen Grund zum Lächeln: „Wer weiß, da hat man ihnen wohl die Wahrheit ersparen wollen."

An einer Kreuzung kam der Trabant hinter dem LKW mit Hansens Volvo zu Stehen. Der junge Mann stieg aus und ging zum Abschlepper. Nach wenigen Sekunden kam er zurück: „Der Mann lädt ihren Wagen auf dem Parkplatz rechts ab. Das Ganze kostet sie nichts. Alles Gute und viel Glück!"

Hansen war nachdenklich geworden. Irgendwie sind diese Ossis eine besondere Spezies. So langsam fing er an, das zu begreifen. Sie sind auf keinen Fall schlechter als wir Altdeutschen. Besser oder nur anders, das sollte jeder für sich herausfinden.

7. Der Serienmörder

Hansen fuhr von Warnemünde direkt zu Ingrid Wahl nach Ribnitz. Mittags traf er sie in ihrer Kanzlei an. „Hallo Herr Hansen, oder besser Moin Moin, wie man bei ihnen in Hamburg sagt", sie sah ihn prüfend an, „wie geht es ihrer lieben Frau?" Sie hatte den banalen Satz kaum ausgesprochen, da tat ihr diese Geschmacklosigkeit schon leid. Hansen ging auf die Anspielung auch nicht ein, sondern kam sofort zur Sache: „Ja, guten Tag erst mal. Wie ist denn heute die Befragung Heinz Ottos verlaufen?"

„Ach das könne sie ja noch nicht wissen", antwortete sie gedehnt, „Herr Otto ist vor einer Stunde aus der U – Haft entlassen worden. Auf richterliche Anweisung."

Hansen irritiert: „So schnell, wie konnten sie das so rasch erreichen?"

Frau Wahl: „Heute Nacht wurde eine Frau in ähnlicher Weise ermordet. Ebenfalls auf dem Prerower FKK – Zeltplatz. Die Vermutung liegt nahe, dass es sich um einen Serienmörder handeln könnte. Auf jeden Fall kann es nicht Herr Otto gewesen sein. Der war ja noch in U – Haft."

Hansen wusste nicht, ob er sich freuen sollte. An sich hatte er dafür gute Gründe. Sein Ziel, Heinz Ottos Unschuld zu beweisen, war erreicht worden. Wenn auch für einen hohen Preis. Es gab eine zweite Leiche, wieder eine junge, nackte Frau. Durfte er sich da raushalten? Ingrid Wahl konnte seine Gedanken lesen. Das war auch nicht schwer. Sie legte ihren rechten Arm um seine Schulter. Das sah merkwürdig aus, denn sie war einen guten Kopf kleiner als Horst Hansen, weshalb sie an ihm zu baumeln schien. Sie wollte ihn trösten: „Seien sie doch froh, ihr Ziel erreicht zu haben. Jetzt können sie zu ihrer lieben Familie fahren und weiter ihren gemeinsamen Urlaub genießen."

Hansen lächelte etwas hilflos, wie ein Junge, der von seiner Mutter bei einem unerlaubten Vorhaben erwischt worden war. Wie von selbst fanden sich ihre Augen. Es brauchte nicht lange, dass beide ihre Zuneigung fühlten. Gestern Abend, beim Essen, hatten sie nur oberflächlich geflirtet. Nun, wo er sich verabschieden wollte, empfanden sie Schwermut. Ohne es auszusprechen, spürten sie intensiv ihre Seelenverwandtschaft. Beide hatten hohe Ansprüche an das Leben, waren aber auch bereit, viel dafür zu leisten. Waren sie sich zufällig begegnet, oder war ihr Zusammentreffen vom Schicksal gelenkt worden. Würden sie noch einmal so einen wunderbaren Partner treffen?

Hansen beendete diese verzauberte Starre. Ohne es zu wollen, ging er zu ihr und nahm sie fest in die Arme. „Ich heiße Horst", sagte er spontan. Sie nickte: „Ingrid, meine Freunde nennen mich Ingrid, nicht Inge." Dann setzte er sich wortlos in seinen Volvo und fuhr los. Das Telefon ließ ihm keine Zeit zur Schwermütigkeit. Der Autohausbesitzer erkundigte sich, ob Hansen den Volvo kaufen wollte. Oh mein Gott, das musste er noch klären. Der Wagen passte so gut zu ihm, dass er ganz und gar vergessen hatte, ihn noch nicht gekauft zu haben.

Das Autohaus lag auf seinem Weg. Er fuhr rasant auf den Parkplatz, wo ihn der Verkäufer schon erwartete. Als Hansen die Preisvorstellung hörte, war er doch überrascht. „39.000 EURO wollen sie haben", sagte er verdattert, „damit habe ich nicht gerechnet. Ihr

Mitarbeiter hatte mir eine andere Zahl genannt. Dafür bekomme ich in Hamburg zwei gebrauchte Volvos. Und was geben sie mir für meinen Citroen?" Der Verkäufer bemerkte, dass er den Bogen überspannt hatte. Er hatte angenommen, dass Hansen unbedingt diesen Wagen haben wollte und über ein paar tausend Euro mehr oder weniger nicht diskutieren würde. Er druckste verlegen: „Der Volvo stammt aus einer limitierten Sonderedition. Davon finden sie in Deutschland weniger als ein Dutzend. Einen Volvo von der Stange kann ich ihnen auch für die Hälfte anbieten. Und was ihren XM betrifft, so hat der nur noch Schrottwert. Der Motor ist hinüber. Der Steuerriemen war gerissen. Es lohnt sich nicht mehr, einen neuen Motor einzubauen. Ich biete ihnen 500 EURO."

Hansen hatte nur noch mit halbem Ohr hingehört. Für ihn war das Thema durch. Er rief seinen Citroen – Händler in Hamburg an. Der konnte ihm einen günstigen Motor aus einem Unfallwagen anbieten. Hansen sagte zu und so kam sein treuer Begleiter zur Reparatur wieder nach Hamburg. Den Volvo gab er schweren Herzens zurück und machte sich mit einem kleinen Leihwagen auf den Heimweg.

Die bot Horst Hansen Zeit zum Nachdenken. Er wollte sich nicht entscheiden müssen zwischen seiner Frau und seiner Arbeit. Er wollte beides haben, weder auf seine Frau noch auf seinen Job verzichten. Er hatte bis jetzt geglaubt, seine Probleme mit Cornelia klären zu können.

Doch ab heute gingen die Uhren anders. Zwei neue Mitspieler waren aufgetaucht, ein bisher noch nicht in Erscheinung getretener Jugendfreund seiner Frau und Ingrid Wahl, zu der er sich stark hingezogen fühlte. Vielleicht hatte Conny ja Recht, alle Beteiligten brauchten Zeit zum Nachdenken. Die entstandenen Probleme waren keine Banalitäten, sondern es ging an die Substanz seiner Ehe. Und da war auch noch Ole. Verdammt nochmal, er hing so sehr an diesem kleinen Burschen. Er fuhr auf der A 2 der untergehenden Sonne entgegen. Eine romantische Schwermut überkam ihn. Wohin führte sein Weg? Nach Osten zu Ingrid Wahl, nach Thale zu Cornelia oder gab es noch einen dritten Weg für ihn? Nach Westen, nach Hamburg? Im Radio erklang eines seiner Lieblingslieder. Eric Clapton sang mit seiner rauchigen Stimme den Titel „Running on faith". Besonders mochte er die Stelle, wo Clapton philosophiert, dass man jeden Tag hoffen kann, seine Liebe zu finden. Man muss nur Geduld haben. Wer war seine Liebe? War sie ihm schon begegnet oder musste er noch auf sie warten?

Die Villa seiner Frau war leer. Schade, er hatte gehofft, sie und Ole dort anzutreffen. Was hielt sie in Warnemünde auf? Hansen nahm sich ein Bier aus dem Kühlschrank und ging auf die Terrasse. Die wertvolle Sitzgruppe aus Akazienholz wirkte ohne seine Familie kalt, trotz der warmen Abendsonne. Er setzte sich in einen der hochlehnigen Stühle und trank die Flasche Bier halb aus. Verdammt, das kalte Gesöff bekam ihm gar nicht. Sein Magen rebellierte und bestrafte ihn mit mehreren lauten

Rülpsern. Er bemühte sich, die aufsteigende gallige Brühe runter zu schlucken. Vergeblich, er musste sich ins Rosenbeet erbrechen.

Er musste eingeschlafen sein, als ihn gegen 20.00 Uhr ein Dieselmotor auf der Garageneinfahrt weckte. Hansen schlenderte zur Haustür. Cornelia war gekommen. Er ging zum Auto, um seinen Sohn zu begrüßen. Doch Ole war übermüdet und quengelte. Er weigerte sich sogar, seinem Papa einen Kuss zu geben. So schnell kann es gehen, dachte Hansen, dass man vergessen wird. Er schnappte sich den Jungen und legte ihn im Wohnzimmer auf die Couch. Ole schlief umgehend wieder ein.

Cornelia hatte sich unbemerkt hinter Hansen gestellt. Ihre Stimme zitterte ein wenig als sie sagte: „Schön, dass du auch hier bist. Wie geht es Heinz Otto?" Hansen resümierte kurz das Geschehene. Conny freute sich über die Entlassung Ottos, schließlich kannte sie ihn seit dem Kindergarten.

Die alte Kaminuhr stand auf halb Zehn. Eigentlich zu früh, um ins Bett zu gehen. Cornelia ging in die Küche und kam mit einer gekühlten Flasche Rose zurück. Schweigend goss sie die Gläser halbvoll. Hansen hielt sein Glas gegen das Licht. Ohne sich dessen bewusst zu sein. Eine Gewohnheitsgeste. So vertraut, dass sie Cornelia berührte. Ja, sie liebte diesen tollen Hamburger Burschen. Warum sagte sie ihm das nicht? Etwas unsicher begann sie das Gespräch: „Wo ist denn dein neuer Wagen, ich kann auf dem Hof nur einen winzigen Toyota sehen."

Hansen erwiderte ruhig: „Der Autohändler wollte dafür viel zu viel haben, da bin ich abgesprungen und mit diesem Leihwagen gekommen."

Conny: „Aha, wieviel denn, ich könnte dir was zuschießen. Du weißt schon, dass ich von der Lebensversicherung meines Mannes noch 600.000 EURO habe."

Hansen: „Ne lass mal. Wenn es dir nichts ausmacht, würde ich gerne von dir mehr über deine Jugendliebe erfahren. Wie war denn das Wiedersehen?"

Conny: „Das ist doch Schnee von Vorvorgestern. Ich habe Heiner in Warnemünde gar nicht getroffen. Unsere letzte Begegnung liegt Jahre zurück, so ein Klassentreffen eben. Ich habe ihn doch nur angerufen, weil ich von dir Abstand schaffen wollte."

Hansen konnte sich die Frage nicht verkneifen: „Und der Mann mit dem blauen Kittel im Foyer, war das nicht Dr. Meyer?"

Conny lachend: „Wer hat dir denn diesen Bären aufgebunden? Das war doch nicht der Hotelbesitzer sondern der Hausmeister."

Horst Hansen wollte ihr glauben, konnte es aber nicht. Dafür hatte selber er zu oft mit der Wahrheit jongliert. Er trank sein Glas nicht leer, sondern stand auf und verabschiedete sich für die Nacht: „Ich denke, ich sollte im Gästezimmer schlafen, meinst du nicht auch?"

Conny trank ebenfalls das Glas nicht aus. Sie legte ihren Bademantel ab und stand plötzlich nackt vor ihm: „Das meine ich auf keinen Fall. Ich hatte genug Zeit um heraus zu finden, dass ich dich liebe. Ich möchte, dass wir beide im Gästezimmer schlafen." Während sie das sagte war sie langsam auf ihren Mann zugegangen. Sie stand nun einen halben Meter vor ihm. Er nahm den Geruch ihres Körpers wahr. Sie trat noch dichter an ihn heran. Ihre großen Brüste berührten sein Gesicht. Hansen konnte nicht anders, er griff ihr mit beiden Händen an den Po und drückte sein Gesicht fest in ihre prallen Brüste. Dann tastete sich seine Zunge an ihrem Körper herunter, bis sie ihre Vagina erreichte. Conny stöhnte laut auf.

Sie schafften den kurzen Weg ins Gästezimmer nicht mehr. Eng umschlungen schliefen sie auf dem weichen Teppich im Wohnzimmer ein.

Als Hansen am nächsten Tag ins Quedlinburger Revier fuhr, um sich nach Heinz Otto zu erkundigen, wartete eine große Überraschung auf ihn. Polizeikommissar Heinz Otto war nicht da. Der Revierleiter war über Hansens Kommen erstaunt: „Morgen Kollege Hansen, was machen sie denn hier. Sie haben doch noch zwei Wochen Urlaub. Ab mit ihnen an die Ostsee. Kommissar Otto warte dort schon auf sie." Hansen reagierte irritiert: „Ist Kollege Otto denn nicht nachhause gefahren? Ich halte das fürs Beste, bis sich in Prerow alles geklärt hat." Der Revierleiter antworte amüsiert: „Ne, Otto ist unschuldig. Der bleibt wo er ist. Der verzichtet doch nicht auf sein Regenbogencamp!"

Hansen war sich mit Conny einig, dass sie den restlichen Urlaub zuhause genießen wollten. Sie nutzten die freie Zeit, um für Hansen einen neuen Wagen zu kaufen. Conny schlug vor, in Halberstadt zu suchen. Dort gab es eine bessere Händlerdichte als in Quedlinburg. Conny kannte den größten Gebrauchtwagenhändler Schalk, der persönlich kam, um sie zu beraten. Auf dem Parkplatz des Händlers standen mehrere Volvos und Citroens. Das war kein Zufall, sondern von Conny arrangiert worden. Schalk machte auf einen Volvo V 70 aufmerksam. Hansen blinzelte zum Verkaufsschild: 19.000 EURO. Hansen ging mit Conny zur Seite: „Wo ist der Haken, der Wagen ist nicht älter als der in Ribnitz, ist sogar 20.000 Kilometer weniger gelaufen und soll nur die Hälfte kosten?"

Conny reagierte gelassen: „Fragen wir doch Herrn Schalk!" Der Verkäufer blieb erfreulich sachlich, als er antwortete: „Ich kann die Preise des Mecklenburger Händlers nicht bewerten. Wie sie mir erzählen, soll es sich um eine limitierte Variante mit 300 PS handeln. Dieser Wagen von mir verfügt über 260 PS. Er ist damit nicht untermotorisiert. Wenn sie ihn kaufen, spendiere ich ihnen noch einen Satz Winterreifen.

Hansen gefiel dieses Angebot, und wie es ihm gefiel. Er reichte dem Händler die rechte Hand: „Als Hamburger Hanseat sage ich ihnen: Top einverstanden und gekauft. Kann ich den Wagen bei ihnen finanzieren?"

Der Händler schüttelte den Kopf: „Tut mir leid, das kann ich bei diesem Wagen nicht bieten. Dieses Fahrzeug wurde bereits bezahlt, und zwar von einer gewissen Cornelia Hansen. Wenn sie das bitte mit dieser Dame klären wollen."

Cornelia hatte das Gespräch angespannt verfolgt. Jetzt jubelte sie lauf auf und schlang ihre Arme um Hansens Hals. Der kapitulierte vor so viel Zuneigung. Der Verkäufer montierte Nummernschilder für eine Probefahrt. Hansen fuhr zur neuen Bundestraße 6 und gab dem Volvo die Sporen. Die Turbolader jubelten und wuchteten das große Drehmoment auf die Kurbelwelle. Innerhalb weniger Sekunden erreichten sie Tempo 100, und erst bei 240 Km/h ließ Hansen es gut sein, da er sah, wie seine Frau bleich wurde. „hast du Angst", rief er laut, „soll ich langsamer fahren?"

„Nein" antwortete sie ebenfalls laut, „aber wir haben Ole vergessen!"

Hansen nahm die nächste Abfahrt, um zu wenden. Der Verkäufer sah ihnen neugierig entgegen: „Darf ich fragen, ob ihnen der Wagen gefällt?" Cornelia sah sich gehetzt im Autohaus um. „Wir haben unseren Sohn hier vergessen", sagte sie laut, „haben sie einen vierjährigen Jungen mit einem blauen T- Shirt gesehen?" Der Verkäufer erschrak: „In der Tat, der Junge hat bis eben noch in diesem Porsche gesessen, er muss noch in der Nähe sein." Alle rannten auf den Hof des Autohauses. Sie riefen laut Oles Namen.

Unvermittelt blieb Cornelia wie angewurzelt stehen. Wortlos wies sie auf den Hundezwinger. Und da konnten alle sehen, wie Ole den großen Rottweiler streichelte und an den Ohren zog. „Mein Gott", sagte erschrocken der Autohausbesitzer, „das glaub ich jetzt nicht. Unser Harras ist ein echter Wachhund. So einen brauchen wir hier, um nachts die Automafia abzuschrecken. Ich habe noch keinen gesehen, der sich Harras so nähern konnte." Cornelia war nicht zu halten, sie rannte todesmutig zur Zwingertür. Der kräftige Wachhund sprang sofort an das Gitter und bellte mit gefletschten Zähnen. Ole nahm ihn am Halsband und schimpfte: „Bist du mal ruhig. Das ist doch meine Mama. Die darfst du doch nicht anbellen." Der Autohausbesitzer ging zum Zwinger und holte Ole raus. Erleichtert sagte er: „Da wollen wir es mal gut sein lassen. Mehr Aufregung muss ich nicht haben." Harras winselte noch eine Weile, dann legte er sich auf den Boden und schlief wieder ein. Er benötigte noch etwas Schlaf für den anstrengenden Nachtdienst.

Hansen fuhr mit dem neuen Wagen langsam nach Hause. Er wusste nicht so recht, wie er Cornelias Verhalten beurteilen sollte. Das war alles zu glatt. Sie hatte nur einen Tag gebraucht, um sich neu zu erden. Hieß das, alles war wie früher. Er war der Boss der Familie, sie duldete, ja sie unterstützte sogar seine Lebensweise. Die hatte doch was zu verheimlichen. Da war doch was passiert mit ihrer Jugendliebe. Er würde keine Ruhe finden, bis er die Wahrheit kannte. Doch er konnte sie schlecht direkt fragen. Und hinter ihren Rücken zu spionieren kam auch nicht in Frage.

Blieb Ole als Informant. In einer ruhigen Minute setzte er den Jungen auf seinen Schoß: „Sag mal, Ole, wie seid ihr eigentlich von Prerow nach Warnemünde gekommen, mit einem Hubschrauber?" Ole schüttelte mit dem Kopf: „Nicht mit einem Hubschrauber." Hansen bohrte weiter: „Womit denn sonst, mit einem U- Boot?" Ole schüttelte wieder mit dem Kopf, sagte aber nichts. Hansen begriff, dass er so nicht weiter kam. Er unternahm einen letzten Versuch. „Kanns du dir eigentlich gut Namen merken. Große Jungen können das." Ole nickte: „Ja, kann ich." Hansen setzte nach: „Dann sag mir doch mal, wie der Onkel hieß, der euch von Prerow nach Warnemünde gefahren hat." Ole antwortete: „Das war kein Onkel sondern eine Tante." Aha, Hansen war nicht unzufrieden, so langsam kam er voran: „Hatte die Frau auch einen Namen?" Ole nickte wieder: „Ja, sie hieß Tantchen."

Hansen hatte genug, er ließ seinen Jungen in Ruhe. Er musste sich etwas anders einfallen lassen. Richtig, das Handy seiner Frau, damit konnte er recherchieren, wie oft und wo sie mit Heiner Meyer telefoniert hatte. Doch auch diese Indiskretion blieb ohne Nutzen. Cornelia hatte nur zwei Telefonate mit Heiner Meyer geführt. Keinerlei Schriftverkehr über SMS. Hansen konnte nicht herausfinden, wo sich Heiner Meyer aufhielt, als er mit Conny telefonierte. Es blieb für ihn ungeklärt, ob er sich mit Conny in Warnemünde getroffen hatte oder ob er in den USA war.

Es war ein schöner Sonntagmorgen. Ole war ein gefürchteter Frühaufsteher. Auch an diesem Sonntagmorgen stand er pünktlich um 6.00 Uhr am Bett seiner Eltern. Hansen wusste, wenn er blinzelte, hatte er verloren. So lange wartete Ole. Er krabbelte in Hansens Bett und sah seinem Vater konzentriert auf die geschlossenen Augen. Hansen konnte zwar ein Blinzeln unterdrücken, aber nicht sein Nießen. Ole war zufrieden. „Aufstehen, Papa", rief er fröhlich, „wir wollen doch heute zum Waldsee fahren. Die liebe Sonne scheint schon schön. Aufstehen."

Cornelia reagierte nicht. Sie war froh, dass Ole seinen Vater und nicht sie für dieses morgendliche Ritual auserwählt hatte. Hansen öffnete verschlafen seine Augen und rief erschrocken: „Hilfe, was ist das für ein Monster in meinem Bett?" Damit ergriff er seinen Sohn und kitzelte ihn kräftig durch. Ole quietschte vor Vergnügen. Als Hansen seinen Griff lockerte, flitzte Ole wieselflink aus dem Bett und in die Küche. Hansen verstand dieses Zeichen und stand auf. Sonntags war das Frühstückmachen Chefsache.

Die morgendliche Idylle wurde vom Telefon unterbrochen. Hansen blickte auf das Display seines Handys und sagte zu seiner Frau: „Ist was Dienstliches, Anruf vom Chef." Hansens Gesicht wurde sehr ernst. Er beendete das Telefonat und ging mit seiner Frau auf die

Terrasse: „Es gab einen Mordfall im Harz. Bei dem Opfer handelt es sich um eine junge, nackte Frau. Der Chef meint, es gäbe Parallelen zu den Fällen in Prerow. Ich muss sofort in die Dienststelle. Tut mir leid, bringe es bitte Ole schonend bei. Ihr könnt ja in das Freibad gehen. Das ist auch sehr schön."

Die Landstraße nach Quedlinburg war vormittags noch leer. Die Tagesbesucher kamen erst nach dem Mittagessen. Hansen trat kräftig auf das Gaspedal. Er genoss das Anzugsvermögen des Turbomotors. Da steckte mehr Bums dahinter als im Saugermotor seines Citroen. Seine Freude am Fahren währte jedoch nicht lange. Der Blitzer erwischte ihn in Neinstedt, ausgerechnet in einer dreißiger Zone. Hansen zuckte zusammen. Der Tacho zeigte 70 Km/h an. Hansen trat auf die Bremse und fuhr im Rückwärtsgang zum Standort des Blitzers. Er hoffte, den Kollegen erklären zu können, dass er im Einsatz war und sie deshalb auf die Verfolgung seines Tempoverstoßes verzichten sollten. Er ließ das Seitenfenster hinunter und sagte freundlich: „Guten Morgen, Kollegen. Ich bin Hauptkommissar Hansen und leite hier die Mordkommission. Ich muss dringend zum Tatort einem Verbrechens. Bitte seien sie so freundlich, auf eine Anzeige gegen mich zu verzichten. Ich brauche meinen Führerschein, das verstehen sie doch hoffentlich."

Der angesprochene Obermeister grinste höhnisch: „Immer die Herren von der Kripo. Bilden sich ein, was

Besseres zu sein. Oder mangelt es ihnen am Rechtsbewusstsein. Das muss wohl so sein, sonst würden sie ja wissen, dass wir uns hier in einer Einbahnstraße befinden und damit das Rückwärtsfahren verboten ist."

Hansen winkte nur ab. Er würde seinen Chef bitten müssen, sich für ihn einzusetzen. Andernfalls war sein Flensburger Konto gefüllt, und er musste mit dem Fahrrad zur Täterverfolgung antreten. Er war deshalb denkbar schlecht gelaunt, als er Dankerode erreichte. Ein uniformierter Polizeibeamter erwartete ihn schon am Ortseingang. Er nahm den Platz des Beifahrers ein und lotste Hansen zum Tatort außerhalb des Ortes.

Hansen stieg aus seinem Auto und rieb sich die Augen. Hatte er Halluzinationen oder wollte man ihn verarschen. Wie anders sollte er sich erklären, dass eine Gruppe nackter Männer und Frauen an ihm vorbeimarschierte. Dem Trupp gehörten etwa 12 Personen an, alle trugen Rucksäcke. Hansen war so verunsichert, dass er die Wanderer vorbeiziehen ließ. Unvermittelt suchten seine Augen nach den Hinterteilen der Männer und Frauen, die von den großen Rucksäcken fast vollständig verdeckt wurden. „Was'n Glück auch", brummelte er, „ansehenswert sind diese alten Ärsche bestimmt nicht mehr!"

Der Uniformierte hörte die Bemerkung und beeilte sich nun, Hansen im Harzer Dialekt mit einer Erklärung zu versorgen: „Ich vermute mal, Herr Kommissar, sie wissen nicht, dass wir hier in Dankerode den anzigen Nacktwanderweg Deutschlands haben."

„Nein", Hansen lehnte ab, diesen Blödsinn zu glauben, „das kann doch nicht ihr Ernst sein. FKK ist an der Ostsee zwar nicht mein Ding, am Meer macht das aber noch Sinn. Aber weshalb um alles in der Welt sollte ein Mensch mittlerer Intelligenz nackig durch den Wald latschen?"

Der Uniformierte blickte hilfesuchend zu einer beleibten Frau mittleren Alters im Trachtenlook. „Das kann ihnen bestimmt unsere Frau Bürgermeisterin erklären", sagte er schnell und zog sich damit aus der Affäre. Die Trachtenlook Trägerin schritt strahlend auf Hansen zu: „Genau deshalb weil wir wollen, dass sich die Leute über uns das Maul zerfetzen. Wir kommen damit ins Gespräch. Unsere Besucherzahlen haben sich seit der Eröffnung des Nacktwanderweges verdreifacht."

Hansen war von diesem kreativen Marketing belustigt. Er konnte aber seine Heiterkeit unterdrücken und fragte möglichst ernsthaft: „Wieviel Besucher wären das genau? Von 10 auf 30 wäre auch eine Verdreifachung, unterm Strich aber wirkungslos?"

Die Bürgermeisterin überhörte diese konkrete Frage geflissentlich. So wie es in der Politik üblich geworden war. Die Journalisten konnten fragen was sie wollten, die Politiker drehten ihre Antworten immer wieder dahin, wo es ihnen passte. Die Bürgermeisterin des kleinen, unscheinbaren Harzdorfes faselte deshalb vom touristischen Aufschwung ihres Nestes, das sich an Leitbildern wie Sankt Moritz orientierte.

Hansen drehte sich um und ließ die Trachtentante einfach stehen. Ja, sind denn hier alle bekloppt, fragte er sich. Die müssen zu viel von diesem ekelhaften Käse essen, den sie auch noch Harzkäse nennen. Das ist reine Negativimagepflege. Dieses ewige Gefasel vom Tourismusmagneten Harz ging ihm gewaltig auf die Nerven. Der Tourismus würde nie und nimmer wirtschaftliche Grundlage der Harzregion sein, höchstens ein Faktor von nachgeordneter Bedeutung. Aber wovon sollten die Leute sonst träumen, wo die alten DDR – Betriebe reihenweise Pleite machten. Er besaß solidarische Gefühle für diese Menschen, umso schlimmer, dass deren Hoffnungen auf ein touristisches Wunder politisch missbraucht wurden. Je mehr er darüber nachdachte, desto stärker ging ihm die Trachtenpuppe auf die Nerven. Im Weggehen drehte er den Kopf zur Seite und empfahl im breiten Hamburger Slang: „Tscha, min Deern, nackig wandern reicht noch nicht, um berühmt zu werden. Hängt doch den Nackigen große Kuhglocken vor die Eier. Mal sehen wessen Schlegel am lautesten dagegen kloppt."

8. Tatort Unterharz

Die Leiche lag mitten auf dem Wanderweg, der von Dankerode zur Wippertalsperre führte. Nackt und blutüberströmt in der heißen Sonne. Fliegen schwärmten um den geschundenen Leib.

Hansen beugte sich über den leblosen Körper. Konzentriert nahm er alle wichtigen Einzelheiten wahr. Die mittellangen blonden Haare, die Haarspange aus Emaille und die rasierte Scham. Vor allem aber sah er die brutalen Messerstiche im Unterleib und die abgetrennte linke Brust. Sie lag als Haufetzen neben der Leiche und wies Bissspuren von Tieren auf. Hansen musste gegen eine aufkommende Übelkeit ankämpfen. Hier bestanden eindeutige Parallelen zum Mord in Prerow. Ein Serienmörder hatte zugeschlagen. Wer weiß, wie oft das schon geschehen war? Dadurch, dass die Tatorte in verschiedenen Bundesländern lagen, wurde es den Ermittlern nicht so bald bewusst, dass es sich um einen Serienmörder handeln könnte.

Das war Hansens Fall. Zufällig war er mit den Details des Prerower Verbrechens vertraut, so dass er hier die Handschrift desselben Täters sofort erkannte. Er versuchte, sich zu konzentrieren. Welches waren die nächsten Maßnahmen. Zuerst musste er zurück nach Quedlinburg, um sich mit seinem Chef abzustimmen. Die Sonne brannte unbarmherzig. Obwohl er nur ein dünnes T-Shirt trug, rann ihm der Schweiß aus allen Poren.

Er bemerkte erst jetzt, dass sich ein Häuflein nackter Wanderer am Tatort aufhielt und neugierig auf die tote Frau starrte. Das war zu viel für sein gestresstes Nervenkostüm. Er brüllte los: „Ja seid ihr denn nicht mehr bei Sinnen? Ihr neugierigen Affen, ihr zertrampelt noch alle Spuren. Schert euch zum Teufel, verdammte Idioten!"

Zu seinem Erstaunen löste sich ein dickleibiger Mann aus der Gruppe. Er ging energisch auf Hansen zu: „Gestatten, Rechtsanwalt Dr. Dr. Balzer. Ich stelle unter Zeugen fest, dass sie mich soeben als Affe und Idiot beschimpft haben. Das werde ich nicht ungesühnt lassen, ich werde sie wegen Beleidigung verklagen und mit mir auch die anderen Mitglieder unseres juristischen Wandervereins Harzbuben aus Halle an der Saale."

Hansen betrachtete seelenruhig den feisten nackten Anwalt. Dessen Alter er auf Anfang 50 Jahre schätzte. Sollte er den jetzt ernst nehmen? Hansen drehte sich um, ließ die Hose runter und marschierte singend mit blankem Po davon, einer alten Hamburger Melodie spontan einen neuen Text gebend:

„Hoch im Harz steht ein Anwalt, der hat nichts an.

Mit der Hand fummelt er sich am Gesäß.

Wenn hey man blot nich ins Tüdeln kam.

Und bums da liegt er auf der Näs.

Haun, haun den sollte man verhaun

Ruckzuck ihn verhaun.

Das darf ich aber leider nicht,

wär sonst 'n Klacks für Hamburger Jung."

Dumm gelaufen für Dr. Dr. Balzer. Wie so oft in der heutigen Zeit, hatte jemand diese Szene als Video aufgenommen und umgehend ins Internet gestellt. Es gab eine Riesenresonanz. Hansen erhielt begeisterte Unterstützung. Dem Anwalt erschien es daraufhin klüger, die Sache mit der Beleidigung nicht zur Anzeige zu bringen. So klug war er denn doch, dass die Verhandlung seinem Ruf mehr geschadet hätte als die eventuell einzuklagende Entschädigung wert war.

Aber davon bekam Hansen vorerst nichts mit. Er wunderte sich nur, dass ihm junge Leute applaudierten, wenn sie ihm begegneten. Dabei klapsten sie sich lachend auf den Po und riefen: „Ist ein Klaks fürn Hamburger Jung."

Im Quedlinburger Polizeirevier wurde er schon von seinem Chef erwartet. Hansen berichtete über seine Eindrücke von dem Verbrechen. Seinen Rapport beendete er mit dem Wunsch, dass Polizeikommissar Otto ihm bald wieder zur Verfügung stünde. Allein könne er den Fall nicht lösen. Sein Chef runzelte die Stirn: „Was unseren lieben Kollegen Otto betrifft, gibt es leider eine neue Situation. Er wurde wieder in U – Haft genommen. Angeblich weil er für die Tatzeit des zweiten Mordes kein Alibi nachweisen konnte."

Hansen war fassungslos: „ Das ist doch Mist, der Mühlfeld spinnt. Der gibt einfach keine Ruhe. Ich muss umgehend nach Prerow und Heinz Otto rausholen."

Der Revierleiter hatte für diesen Wunsch Verständnis: „Gut, ich bin einverstanden. Übermorgen dürfen sie sich um Otto kümmern. Aber sie bekommen von mir nur zwei Tage. Dann sind sie wieder hier. Und jetzt geben sie bitte Vollgas, dass sie bei der Verfolgung des Dankeröder Täters nicht die Zeit verplempern. Sie wissen genau so gut wie ich, dass für die Ermittlungen die ersten 48 Stunden nach der Tat die wichtigsten sind."

Hansen nickte nur stumm. Wie in Trance verließ er das Dienstzimmer seines Chefs. Er setzte sich an seinen Schreibtisch und öffnete die Akte Prerow. Wo war der entscheidende Hinweis? Er blätterte in den Unterlagen. Ein kleiner Zettel in einer Folienhülle weckte seine Aufmerksamkeit. Was war das eigentlich? Ach so, der Fetzen eines Kontoauszuges der Ostharzer Volksbank. Den hatte er am Fundort es ersten Mordopfers gefunden. Kann der von Bedeutung sein? Immerhin, er schlug eine Brücke von der Ostsee in den Harz. Hansen betrachtete den Papierfetzen mit einer Lupe. Dumm, die Nummer des Kontos war unvollständig. Jupp, Hansen stand mit einem Ruck auf. Ab zur Volksbank. Das war nicht viel, aber immerhin eine Spur.

Hansen parkte seinen Volvo vor dem Hauptgebäude er Volksbank im Quedlinburger Steinweg. Das Anwesen war aufwendig saniert worden, aber dafür hatte Hansen heute kein Auge. Er überlegte, wen er ins Vertrauen ziehen konnte. Am besten wäre eine Frau, denn der Täter war mit Sicherheit männlichen Geschlechts. Hansen ging die Namensschilder ab und klopfte an der ersten Tür mit weiblichem Namen. Ohne eine Antwort abzuwarten öffnete er die Tür. Eine große schwarzhaarige Frau von zirka vierzig Jahren sah von ihrer Schreibtischarbeit auf: „Entschuldigung, sie können doch hier nicht so einfach reinplatzen. Bitte warten sie, ich habe gleich Zeit für sie."

Hansen reagierte wie üblich: „Meine liebe Dame, Zeit ist das wenigste, was ich habe. Ich bin Hauptkommissar Hansen und ich ermittle in einem Mord an einer jungen Frau. Ich brauche ihre Hilfe, jetzt und nicht später."

Karin Kürschner war sofort hellwach: „Ja aber sicher doch. Entschuldigen sie bitte, ich konnte ja nicht wissen wer sie sind."

„Geschenkt", Hansen setzte sich unaufgefordert auf einen gepolsterten Stuhl, „Ich brauche den Namen des Inhabers dieses Kontos." Er nahm den Zettel und legte ihn behutsam auf den Schreibtisch Karin Kürschners. Die warf einen prüfenden Blick auf des Papier. Wortlos hämmerte sie auf der Tastatur ihres Computers. Dann schüttelte sie den Kopf: „Nein, der erste Versuch war erfolglos." Hansen wurde neugierig: „Was machen sie da eigentlich. Können sie mir die Methode ihrer Recherche verraten?"

Karin Kürschner lächelte freundlich. Der Kommissar gefiel ihr. Sie erklärte ihr Vorgehen: „Ich habe den Rest einer

Kontonummer, die letzten drei Ziffern fehlen. Ich kann aber einen Teil des Kontostandes vom 31. Juli erkennen. Wenn ich jetzt alle Konten mit den letzten drei Ziffern abrufe, kann ich an Hand des Kontostandes das Konto eindeutig zuordnen."

Hansen: „Das hört sich gescheit an. Wie lange werden sie brauchen?" Karin Kürschner hörte schon nicht mehr richtig zu. Sie hatte eine Idee. Schnell rief sie ein weiteres Konto auf – Treffer. Sie hatte den Inhaber des Kontos gefunden.

„Habe ich es doch geahnt", murmelte sie leise. „Ein Guthaben in dieser Höhe haben nicht viele in dieser Stadt. Das Konto gehört unserem Abteilungsleiter für Firmenkunden Volker Bratos."

„Okay", Hansen zeigte nun doch eine emotionale Reaktion, indem er der Frau dankend die Hand schüttelte. „Das war gute Arbeit. Danke. Was können sie über diesen Volker Bratos sagen?"

Karin Kürschner war eine souveräne Frau, seid zig Jahren verheiratet und nicht so leicht zu bezirzen. Aber die Berührung des Kommissars hatte ihr gefallen. Der Kerl war einfach eine Wucht. Von seiner Sorte gab es nicht viele in dieser Stadt. Und ein bisschen flirten konnte nicht schaden. Sie schlug die Beine übereinander und zog dabei ihren Rock übers Knie. So dass Hansen sich für ihre Beine interessieren musste, wenn er nicht nur wie ein guter Liebhaber aussah, sondern auch einer war. Hansen reagierte auf diese erotischen Signale automatisch. Sie nahm zufrieden zur Kenntnis, wie seine Blicke ihren Körper abtasteten. Mit warmer Stimme sagte sie: „Wollen wir das nicht besser bei einer Tasse Kaffee in Café besprechen. Hier haben die Wände Ohren."

Aber zum Flirten hatte Hansen keine Zeit. Schade, aber er musste einen eleganten Weg aus dieser Situation finden. Frau Kürschner wollte er nicht kränken, er würde ihre Unterstützung noch brauchen. Zum Glück klingelte sein Telefon. Es war Ole, der seinem Papa von einem gemeinen Jungen berichtet, der seinen Fußball weggeschossen hätte. Hansen nutze die Situation und sprach betont laut in das Telefon: „Selbstverständlich, ich komme sobald ich kann. In spätestens 20 Minuten bin ich da." Und an Frau Kürschner gewandt: „Entschuldigen sie bitte, ich kann heute mit ihnen nicht ins Café gehen. Ich muss zu einem neuen Fall. Ich möchte aber nicht gehen, ohne dass sie mir das Wichtigste über Herrn Bratos berichteten."

Karin Kürschner nickte verständnisvoll: „Ist schon okay. Aufgeschoben ist ja nicht aufgehoben. Das Wichtigste zu Bratos in wenigen Stichworten. Er kommt aus einer spießigen Lehrerfamilie. Beide Eltern Lehrer. Hat noch einen Bruder, der ist schwerkrank. Irgendeine neurologische Macke. Ich glaube MS. Seine Mutter vergöttert den kranken Sohn, für Volker hat sie keine Liebe übrig. Der leidet darunter wie ein Hund. Der Vater spielt in der Familie keine Rolle. Volker Bratos hat nach meiner laienhaften Diagnose einen klassischen Ödipuskomplex. Er tut alles, um von seiner Mutter geliebt zu werden, erntet aber nur Missachtung und Ablehnung."

Hansen hatte konzentriert zugehört. Karin Kürschner ging zur Kaffeemaschine und sah Hansen fragend an: „Auch einen?" Hansen schüttelte den Kopf: „Ne, ich muss dann auch los. Aber vorher würde ich gerne noch etwas über diesen Bratos erfahren: Hat er eine Frau, wie steht es mit seinem Liebesleben?"

Karin Kirschner stellte zwei Tassen mit Kaffee auf den Tisch: „Wenn sie danach fragen, haben sie auch Zeit für einen Kaffee. Denn dieses Thema ist nicht in wenigen Minuten beantwortet."

Hansen wurde hellhörig. Er hatte schon mit seiner Ermittlernase Witterung aufgenommen, als er vom Ödipuskomplex hörte. Jetzt wurde das Kribbeln stärker. Es zog sich vom Bauch in den Kopf. Er konnte das nicht beeinflussen. Es war faktisch ein unbedingter Reflex, der beim Erscheinen einer erfolgversprechenden Spur Alarm schlug. Wortlos nahm er die Tasse Kaffee in die rechte Hand, und schnippte mit der linken.

Karin Kirschner verstand den Wink. Sie nahm wieder auf ihrem Stuhl Platz. Dabei zog sie ihren Rock wieder höher als es der Anstand gebot. Die Luft knisterte. Hansen sah der neuen Bekannten in die Augen. Sie wich dem Blick nicht aus. Beider Augen verabredeten sich , ohne groß darüber zu sprechen. Karin Kürschner sagte nur: „Morgen Abend acht Uhr Hotel zum Weißem Hirsch Wernigerode."

Dann nahm sie den Gesprächsfaden wieder auf: „Wir kennen Volker Bratos nur als völlig verklemmten Typen. Der hat absolut kein Charisma. In meiner Bank wurden schon Wetten abgeschlossen, wer sich ihn angelt. Denn finanziell war er sehr gut gestellt. Ein Abteilungsleiter verdient schon nicht schlecht. Darüber hinaus hatte er von seinem Großvater ein beträchtliches Vermögen geerbt. Es handelt sich dabei um fünfzig Hektar Ackerland. Die sind gut und gerne zwei Millionen wert. Schließlich wurde er von einer erfahrenen Mitarbeiterin unseres Hauses bei einer Weihnachtsfeier verführt. Sozusagen hinterm Müllcontainer wurde er zum Mann. Die Kollegin wurde prompt schwanger, wobei wir alle meinen, dass er nicht der Vater ist."

Hansen hatte aufmerksam zugehört. Aber ihm lief die Zeit weg. Er tippte auf seine Uhr: „Können sie sich etwas konzentrieren. Bitte verzichten sie fürs Erste auf alles Beiwerk. Das können sie mir später erzählen."

Karin Kürschner lachte: „Schon klar. Morgen mehr. Jetzt nur noch so viel. Die junge Liebe dauerte nicht lange. Seine Frau bekam dreifach negativen Brustkrebs. Diesem Turbokrebs erlag sie innerhalb eines Jahres. Dazwischen musste die Ärmste schrecklich leiden. Sie bekam das volle Programm der Scheußlichkeiten. Chemotherapie, Amputation der linken Brust, Bestrahlung."

Hansen pfiff leise durch die Zähne: „Und, wie hat er das aufgenommen. Wie hat er diesen schweren Schicksalsschlag verkraftet?"

„Er ist faktisch in sich zusammengekrochen, wurde völlig apathisch und depressiv", Karin Kürschner sah auf die Uhr, „ich muss jetzt leider zum Vorstand. Da darf ich nicht spät sein."

Hansen nickte verständnisvoll: „Nur noch eine letzte Frage. Wann ist die Frau verstorben?"

Karin Kürschner stand auf und zog ihren Rock unters Knie: „So etwa vor einem halben Jahr. Ja richtig, er kam schon nicht mehr zur Weihnachtsfeier. Sie starb ausgerechnet Heiligabend."

Hansen blickte ihr nach, als sie sich im Korridor verabschiedeten. Aber seine sieben Sinne beschäftigten sich schon nicht mehr mit dieser attraktiven Frau. Seine Nase hatte die Spur aufgenommen. Es roch nach Volker Bratos. Wie immer in derartigen Situationen ließ Hansen keine Zeit verstreichen. Er musste diesen Bratos so schnell wie möglich befragen. Er schritt die Reihe der Namensschilder ab. So viele waren es nicht. Schon bald stand er vor dem richtigen Büro. Ohne zu klopfen öffnete er die Tür und trat energisch in den Raum: „Guten Tag, ich bin Hauptkommissar Hansen, Leiter der Quedlinburger Mordkommission. Sind sie Herr Volker Bratos?"

Der so Angesprochene saß mit dem Rücken zur Tür. Er drehte sich langsam um und sagte betont ruhig: „Ja, ich bin Volker Bratos. Aber wir hatten keinen Termin. Worum handelt es sich? Wollen sie ein Darlehen aufnehmen? Dann sind sie bei mir nicht richtig. Ich betreue nur gewerbliche Kunden. Aber ich kann ihnen helfen, in unser Bank den richtigen Ansprechpartner zu finden. Sagen sie mir doch bitte, was sie wollen."

Hansen war überrascht. Damit hatte er nicht gerechnet. Er wollte den Verdächtigen überrumpeln, um ihm spontane Aussagen zu entlocken. Diese vielfach mit Erfolg praktizierte Methode schien hier aber nicht zu funktionieren. Diese clevere Reaktion war für Hansen ein sicheres Zeichen dafür, dass sich Bratos auf ein Zusammentreffen mit der Polizei mental vorbereitet hatte. Er wollte mit der Polizei ein Spiel führen, dessen Regeln er bestimmte.

Inzwischen hatte sich vor der offenen Tür eine Menschentraube neugieriger Gaffern gebildet. Das gefiel Hansen ganz und gar nicht. Er knallte ihnen die Tür vor den Nasen zu. Dann sagte er mit lauter und deutlicher Stimme: „Volker Bratos. Sie stehen im dringenden Verdacht drei Frauen ermordet zu haben. Ich nehme sie vorläufig fest. Sie haben das Recht, die Aussage zu verweigern. Ihnen steht weiterhin das Recht zu, einen Rechtsanwalt zu ihrer Unterstützung dazu zu ziehen. Ich mache sie darauf aufmerksam, dass alles, was sie sagen gegen sie verwendet werden kann." Hansen bemerkte ein kaltes Leuchten in Bratos Augen. Als ob er die Situation genoss. Er stand auf und sagte immer noch ganz ruhig:

„Sie irren Herr Hansen, ich bin nicht der Mörder. Aber wenn sie unbedingt wollen, nehmen sie mich gerne fest. Ich denke, sie können auf Handschellen verzichten." Damit nahm er seinen Sakko und verließ vor Hansen das Büro. Wortlos gingen sie an den Gaffern vorbei, die im Korridor und Treppenhaus standen.

Der Revierleiter wartete schon auf Hansen. „Gut gemacht", sagte er stolz, „wie um alles in der Welt sind sie auf diesen Bratos gekommen. Den hätte ich nie verdächtigt." Hansen erläuterte, welche Spur zum Tatverdächtigen geführt hatte. Der Revierleiter reagierte ernüchtert: „Und mehr haben sie nicht in den Händen? Dieser Papierfetzen ist vielleicht ein Indiz, bei weitem aber kein Beweis der Schuld. Ich glaube nicht, dass sie genug Haftgründe anführen können, um den Staatsanwalt zu überzeugen."

Damit verriet er Hansen nichts Neues. Der hatte sich die Festnahme Volker Bratos', auch anders vorgestellt. Seine erprobte Überrumpelungstaktik hatte nicht funktioniert. Er hatte einen schleimigen Banker erwartet, den er in die Ecke treiben wollte. Statt dessen traf er auf einen eiskalten Menschen, der sich nicht so leicht einschüchtern ließ. Aber Hansen war sich sicher, mit Bratos den Serienmörder festgesetzt zu haben. Wie immer hörte er auf sein Bauchgefühl. Und dieser empfindliche Sensor war aktiv geworden, als Hansen Bratos zum ersten Mal begegnete. Was Hansen benötigte, war Zeit, um weitere Beweise und Indizien gegen Bratos zu sammeln. Eine vorläufige Festnahme war nicht genug. Der Mann musste in Untersuchungshaft. Punkt.

Als ob der Revierleiter Gedanken lesen konnte, sagte er: „Ich verstehe sie schon Hansen. Ich bin auch dafür, den Bratos in Haft zu fixieren. Da wird sich zeigen, ob er wirklich der eiskalte Hund ist. Und sie können nach Prerow düsen, um unseren Kommissar Otto freizuboxen. Kommen sie, wir gehen zusammen zum Staatsanwalt, um den Haftbefehl für die U-Haft dieses Bratos zu bekommen."

Eine Stunde später raste Hansens Volvo mit 220 Sachen auf der BAB 2 in Richtung Berliner Ring. Der Staatsanwalt war leicht zu überzeugen gewesen, dass Bratos in U Haft gehörte. Wie Hansen später erfahren sollte, war der Staatsanwalt mit Bratos in einer Schulklasse gewesen und hatte ihn als arroganten Arsch hassen gelernt. Da er selber auf jeden Liebesbeweis seiner Mutter verzichten musste, ließ er keine Gelegenheit aus, um seine Mitschüler als Muttersöhnchen vorzuführen. So hatte er den späteren Staatsanwalt, als der einen Kuss von seiner Mutter bekam, vor versammelter Klasse gefragt, ob er seine Mutter auch ficken muss. Und als der derart Beleidigte wutschnaubend auf seinen Peiniger einprügelte, bekam er noch einen Tadel wegen aggressiven Verhaltens. Fast wäre er von der Schule verwiesen worden.

9. Seeluft macht frei

Hansen erreichte Prerow zum Sonnenuntergang. Dem Reiz dieser Naturerscheinung können sich nur wenige Menschen entziehen. Hansen gehörte dazu. Es war ihm absolut egal, ob die Sonne unterging oder ob der Mond aufging. Romantik war nicht sein Ding. Er hatte im Auto noch schnell mit Ottos Anwältin Dr. Ingrid Wahl telefoniert und sie gebeten, nach Prerow zu kommen, damit er ohne Zeitverzug für Ottos Freilassung kämpfen konnte.

Ingrid Wahl wartete verabredungsgemäß auf der Terrasse des Strandhotels. Sie war vom Naturschauspiel des Sonnenuntergangs so fasziniert, dass sie Hansen nicht bemerkte, obwohl der schon mehrere Minuten an ihrem Tisch stand. Erst als Hansen sich laut räusperte, wurde sie sich seiner gewahr. „Hallo Horst", sagte sie mit ihrem strahlenden Lächeln, „schön dass du schon da bist. Nimm doch Platz. Möchtest du einen Sundowner, vielleicht einen Cherry?"

„Ne, lass mal", Hansen winkte müde ab „Ein kräftiger Mokka wäre mir lieber. Ich habe sehr wenig Zeit und muss heute noch lange wach bleiben. Im Harz gab es nämlich einen vergleichbaren Mord. Und wir glauben, den Täter zu kennen. Bitte, berichte mir so knapp wie möglich und so ausführlich wie nötig, wie es um Kommissar Ottos Inhaftierung steht."

Ingrid Wahl winkte der hübschen Bedienung und bestellte zwei doppelte Mokka. Die Bedienung stammte aus dem Osten und wusste mit der Bestellung Bescheid. Auch fünfzehn Jahre nach der Wende wusste der Ostdeutsche mit einem Mokka mehr anzufangen als mit einem Espresso. Ein Espresso war zwar stark, war aber zu wenig Kaffee im Vergleich zum guten alten Mokka. Der Mann am Tresen konnte Gedanken lesen und brühte den Mokka frisch in speziellen Mokkakännchen. Hansen winkte ihm freundlich dankend zu. Er konnte sein saures Gesicht auch gut verstecken, als sich beim Trinken die Kaffeekrümel zwischen seine Zähne klemmten.

Als der Mokka in den Tassen dampfte, begann Ingrid Wahl ihren Rapport. Hansen hatte Mühe, sich zu konzentrieren. Es war nicht allein seine Müdigkeit, die ihn beim Zuhören behinderte. Vor allem lenkten ihn Ingrid Wahls wunderschöne Beine ab. Sie hatte zum Termin noch ihre anwaltliche Dienstuniform an. Das Jäckchen hatte sie ausgezogen. Die enge Bluse konnte ihren prachtvollen Busen nur schlecht verhüllen, zumal die oberen Knöpfe offen waren. Sie saß mit ausgestreckten Beinen am Tisch, wodurch der kurze Rock nach oben gerutscht war. Und, verdammt noch mal, sie trug Strumpfhalter. Hansen konnte allem widerstehen, Strumpfhaltern aber nicht.

Ingrid bemerkte Hansens geistige Abwesenheit. Ohne ihre Stimme zu ändern sagte sie auf einmal: „Im Winter sind braune Schuhe wärmer als hohe im Sommer." Und da Hansen auf diese Provokation nicht reagierte, sprach sie ihn direkt daraufhin an: „Lieber Horst, mir scheint, du solltest dich lieber ausruhen. Das bringt jetzt echt nichts mehr. Weißt du denn, was ich gerade gesagt habe?"

Das konnte sie mit Hansen nicht machen. Er winkte nur ab: „Nein auf keinen Fall. Ich bin ganz Ohr. Bitte mach weiter."

Die Anwältin zuckte mit den Schultern und fuhr fort: „Oberkommissar Mühlfeld hat sich an Otto festgebissen. Er will ihn fertigmachen. Deshalb hat er ihn sofort wieder in U- Haft genommen, als der zweite Frauenmord geschah."

„Aber was ist mit Ex Stasi Mann Oberleutnant Greif. Der hatte doch Mühlfeld mit den geheimen Unterlagen der Stasi in der Hand."

Ingrid: „Gar nichts hat dieser Angeber in der Hand. Er hatte nur geblufft. Es war nur eine Frage der Zeit, dass Mühlfeld ihm auf die Schliche kam."

Hansen trank den Rest des Mokkas. Mit stoischer Gelassenheit schluckte er die ekligen Kaffeekrümel. „Nun noch mal von vorn", fragte er, „worauf stützt denn Mühlfeld seine Anklage gegen Otto. Otto war doch, als der zweite Mord geschah, inhaftiert. Wie soll er da den Mord begangen haben?"

Ingrid Wahl nahm sich für die Antwort Zeit. Sie bestellte ein frisches Glas Weißwein. Und erst als die Bedienung es auf den Tisch gestellt hatte, fuhr sie fort: „Das ist eine komplizierte Sache. Eigentlich verbietet es mir meine anwaltliche Schweigepflicht, mit dir darüber zu sprechen. Aber du erfährst es morgen sowieso von Mühlfeld. Dann kann ich dir vorher meine Meinung dazu sagen."

Hansen sah seiner schönen Tischdame erstaunt in die blauen Augen: „Das hört sich aber gar nicht gut an. Nun mal raus mit der Sprache."

Ingrid Wahl nickte und fuhr fort: „Dabei geht es um eine alte Geschichte. Otto und Greif kannten sich von Früher, also von vor der Wende. Otto hatte auf dem Zeltplatz eine Unterhaltung angehört, die nicht für seine Ohren gedacht war. Zwei junge Männer aus Leipzig wollten mit dem Surfbrett in den Westen abhauen, besser gesagt über die Ostsee nach Dänemark flüchten. Otto hatte das Oberleutnant Greif von der Stasi erzählt. Daraufhin wurden die beiden Republikflüchtlinge von einem Boot der DDR – Volksmarine aufgebracht. Einer der Jungen kam dabei ums Leben."

„Verdammt", Hansen wurde vor Wut ganz grau, „wenn das stimmt ist Otto für mich erledigt. Der kann dann kein Polizist mehr sein."

Die Anwältin nickte zustimmend: „Das sehe ich genauso. Diese alte Sache hat aber noch eine aktuelle Konsequenz. Die Polizei hat in den Unterlagen der ermordeten Frau die Kopie eines Briefes an Otto gefunden. Darin erpresst sie Otto. Otto hat ihr wohl früher ein Kind gemacht, die Vaterschaft aber abgestritten. Sie fordert in dem Brief, dass Otto sich als Vater bekennt und die Alimente für zwanzig Jahre Nachzahlt. Das wäre schon ein Motiv…"

Hansen erregt: „Das mag ja alles stimmen, aber es bleibt doch die Frage, wie Otto die Frau töten konnte, obwohl er in U –Haft war?"

Frau Wahl: „Mühlfeld erkennt das Unter-suchungsergebnis der Rechtsmediziner nicht an. Die haben den Mordzeitpunkt auf Donnerstag 6.00 Uhr gelegt. Otto wurde um 8.00 Uhr entlassen. Mühlfeld beharrt darauf, dass der zweite Mord später geschah. Bei der Vorgeschichte wird sich Mühlfeld wohl mit seiner Annahme bei Gericht durchsetzen. Ich sehe schwarz für Otto."

Hansen blickte versonnen auf die inzwischen dunkle Ostsee. Er stand auf: „Lassen wir es für heute genug sein. Morgen treffen wir uns um 9.00 Uhr in deiner Kanzlei. Eine Frage hätte ich noch: Wann und von wem wurde die zweite Frauenleiche gefunden?"

Die Anwältin antwortete, ohne in ihren Unterlagen nachzuschlagen: „Das war Freitag gegen 11.00 Uhr. Ein Badegast wollte in den Sanddünen seine Notdurft verrichten und ist dabei über die Tote gestolpert. Er ist übrigens inzwischen abgereist. Ich konnte ihn nicht mehr befragen. Er kam aus Bayern, präziser aus Passau. wie ich mich erinnere."

„Das ist jetzt echt blöd", Hansen reagierte sehr verärgert auf diese Auskunft, „dieser Zeuge ist von größter

Bedeutung. Wir müssen mit ihm sprechen, und wenn es nur telefonisch ist. Hast du seine Nummer." Ingrid Wahl wurde es nun doch zu bunt. Sie war schließlich nicht Hansens Adlatus: „Du kannst gerne mit diesem Zeugen reden, ich habe seine Nummer. Mir erteilst du aber bitte keine Weisungen. Ich bin immer noch Herrn Ottos Anwältin und vertrete in erster Linie die Interessen meines Mandanten."

Hansen hatte von dieser sinnlosen Debatte über die Kompetenzen die Nase gestrichen voll. Er hatte auf alles Mögliche Lust, nur nicht auf einen Streit zu später Stunde. Er verabschiedete sich deshalb freundlich von der Trägerin reizender Strumpfhalter und ging auf sein Zimmer im Hotel. Er stand noch eine Weile hinter der Gardine, um Ingrid Wahl zu beobachten. Die blieb am Tisch sitzen und bestellte noch ein Glas Weißwein. Ein junger, gutaussehender Mann trat an ihren Tisch. Nach einem kurzen Wortwechsel nahm er an ihrem Tisch Platz. Er bestellte für sich ein Glas Rotwein und führte mit Ingrid Wahl eine angeregte Unterhaltung.

Hansen wollte den Rest der Geschichte nicht verfolgen, er spürte doch so etwas wie Eifersucht. Er war gerade im Begriff, ins Bad zu gehen als er durch das offene Fenster einen lauten Wortwechsel vernahm. Mit einem Satz war er am Fenster. Ja, er hatte richtig vermutet. Ingrid Wahl stand am Tisch und beschimpfte laut ihren Tischgast. Hansen eilte zu ihr, musste aber nicht mehr eingreifen, der Beschimpfte war schon verschwunden. Fragend sah er Ingrid Wahl an. Die hatte einen hochroten Kopf: „Stell dir das mal richtig vor, dieser Kerl wollte doch Geld von mir. Sehe ich so aus, als ob ich es nötig hätte, meine Liebhaber zu bezahlen?"

Hansen hatte In Liebesfragen viel erlebt. Er reagierte deshalb sehr gelassen: „Weißt du, das ist doch kein Grund, beleidigt zu sein. Warum nicht jemanden bezahlen, der eine qualifizierte Dienstleistung vollbringt. Da hast du mehr von, als wenn dich einer vögelt, der nur an seine eigene Befriedigung denkt." Da er aber merkte, dass Ingrid seine abgebrühte Meinung nicht gefiel, bot er ihr an, sie sicherheitshalber zum Auto zu begleiten. Das war jedoch nicht nötig, da sie ein Hotelzimmer genommen hatte.

Als Hansen gegen halb Acht den Frühstücksraum betrat, war Ingrid Wahl schon weg. Die Dame an der Rezeption sagte, die sein schon kurz nach Sechs ohne Frühstück abgereist. Für Hansen hörte sich das nicht gut an. Ingrid Wahl kannte er als taffe Anwältin und starke Frau. So aufgewühlt, wie sie gestern Abend gewesen war, musste sie etwas emotional stark berühren. Auf diese Frage wusste er keine Antwort. Dabei lag die Antwort bei ihm. Er hatte nur einen Flirt, maximal eine Affäre im Sinn, als er ihr begegnet war. Sie hatte für ihn viel stärkere Gefühle. Sie wollte diesen Mann, konnte aber nicht für ihn kämpfen. Nicht gegen seine Frau und gegen seinen kleinen Sohn.

Hansen erreichte die Anwaltskanzlei halbwegs pünktlich. Ingrid Wahl erwartete ihn schon. Sie sah überraschend ausgeschlafen aus. Frauen können viel wegschminken, dachte Hansen neidisch, uns Männer sieht man unsere kleinen Sünden sofort an. Mit einem kräftigen „Moin, moin" betrat er das Beratungszimmer. Ingrid Wahl wurde rot, sie war offensichtlich verlegen. Hansen dachte, ihr sei die Geschichte mit dem Callboy peinlich. Er sagte flapsig: „Wegen gestern Abend…., ich weiß von nichts!"

„Schon gut", Ingrid Wahl winkte ab, „lass uns dem Thema Otto zuwenden."

„Richtig", stimmte ihr Hansen zu, „kannst du mir bitte die Telefonnummer des Zeugen geben, der die Leiche der jungen Frau gefunden hat. Ich möchte den am besten sofort befragen."

Ingrid Wahl nahm wortlos das Telefon und wählte eine Nummer. Dann hielt sie Hansen den Hörer hin: „Bitte, dein Zeuge." Eine männliche Stimmer meldete sich: „Hallo, wer ist da?" Dem Dialekt nach kein Bayer, eher ein Mitteldeutscher. Warum ist es nur unüblich geworden, dass sich die Leute am Telefon nicht mit einem freundlichen „Guten Tag" melden und ihren Namen nennen. Dieses „Hallo, wer ist da?" klingt so unfreundlich, fast schon abweisend.

Aber Hansen wollte nicht den Stil der Telefonkommunikation verändern, sondern einen Mord aufklären. Er stellte sich deshalb korrekt vor und bat um den Namen seines Gesprächspartners. Eine Pause trat ein. War der etwa am Überlegen ob er seinen Namen offenbaren wollte? Hansen erinnerte den Angerufenen, dass er dringend seiner Hilfe bedurfte, um einen Serienmörder in sichere Verwahrung zu bringen. Nach einer weiteren Pause ertönte ein Hüsteln: „Meinen Namen kennt die Ribnitzer Kripo. Der habe ich auch alle Fragen beantwortet. Bitte wenden sie sich an diese Polizisten. Ich möchte damit in Ruhe gelassen werden."

Ein Knacken, der Hörer wurde aufgelegt. Das wars mit dem wichtigen Zeugen. Ingrid Wahl hatte das Telefonat mithören können. Sie schrieb den Namen des Verweigerers auf einen Zettel. „ Nobert Guhrke", las Hansen. Fragend sah er Ingrid Wahl an: „Was weißt du über den. Das ist doch kein Bayer, warum behandelt der mich so abweisend?" Ingrid Wahl schmunzelte nun doch selbstzufrieden: „Nach meinen Recherchen kommt der Herr aus Aschersleben in Sachsen - Anhalt. Er ist 1989 über die Tschechei abgehauen. In Aschersleben kennt man ihn. Ich habe den Leiter der dortigen Mordkommission angerufen. Norbert Guhrke hat einen mittelgroßen Handwerksbetrieb für Heizung und Sanitär. Hier im Osten hat er nach der Wende viel Geld gemacht. Nicht immer mit sauberen Methoden."

„Geht das konkreter",, fiel Hansen ihr ins Wort, „haben wir was gegen ihn in der Hand?"

„Und ob es das gibt", Ingrid Wahl übernahm wieder die Leitung des Gespräches, „das Landesförderinstitut hat ihn wegen Subventionsbetruges auf den Kieker. Wenn wir das der Presse seiner neuen bayrischen Heimat zuspielen, kann er dort seinen Laden dichtmachen. Die Bayern haben ohnehin nur ein geringes Sympathiepotential für ostdeutsche Handwerker, die ihnen ihre gewinnbringenden Marktpreise verderben. Wenn sie den beim Betrügen erwischen, kriegt der dort keinen Fuß mehr auf den Teppich."

Hansen nahm wortlos den Telefonhörer und betätigte die Wahlwiederholung. Wieder erklang das „Hallo, wer ist dran?" Hansen musste sich ein Lachen verkneifen: „Ja hallo, Hauptkommissar Hansen noch mal. Ich vergaß zu erwähnen, dass die Cousine meiner Mutter Bereichsleiterin im Landesförderinstitut Magdeburg ist. Wir kamen gestern beim Geburtstag meiner Mutter auf das Thema Missbrauch von Fördermitteln zu sprechen. Dabei fiel auch ihr Name. Eigentlich müsste ich darüber ja die ehrlichen Bayern in ihrer neuen Heimat informieren. Meinen sie nicht auch, dass die wissen sollten, wer ihren ungeliebten Solibeitrag in die eigene Tasche verschwinden lässt?"

„Ist ja schon gut", diesmal kam es zu keiner Pause, „was wollen sie wissen." Hansen grunzte vor Zufriedenheit. Nein, tat das wieder gut. Er sagte laut und deutlich: „Ich will, dass sie sich in ihr schickes Auto setzen und morgen früh um 9.00 Uhr vor Ort meine Fragen beantworten, haben sie das verstanden. Ich erwarte sie um 9.00 Uhr in Prerow. Strandhotel."

„Ist ja gut, ich komme", sagte Guhrke und legte den Hörer auf. Ingrid Wahl war begeistert: „Bei dir kann ich ja noch Nachhilfeunterricht in psychologischer Gesprächsführung zu Gunsten der Rechtspflege nehmen. Vielleicht heute Abend bei mir zu Hause, du bist doch Biertrinker? Was darf ich für uns kochen?"

Hansen konnte unter ihrem engen Rock die Umrisse der Strumpfhalter mehr erahnen als erkennen. Dagegen konnte er keinen Widerstand leisten. „Mir egal, so lange es kein Labskaus ist." „Na dann um 9.00 Uhr bei mir", erwiderte Ingrid Wahl, nicht ohne Genugtuung zu empfinden.

Der Kampf um Hansen war noch nicht verloren.

Hansen hatte sich schon öfter mit dem Problem beschäftigt, welche Stärken und Schwächen er hatte. Obwohl er sich um Ehrlichkeit gegen sich selbst bemühte, kam er immer wieder auf eine positive Stärkenbilanz. Ob sich Andere auch solche Gedanken machten? Im Kreis seiner Kollegen und Freunde war er sich sicher, deren Stärken und Schwächen richtig einschätzen zu können. Die meisten besaßen einen Schwächenüberschuss. Was ja nicht schlimm war. Manchmal hatte er richtig Lust, seine Kollegen zu einer Selbsteinschätzungsrunde einzuladen. Irgendwann mache ich das mal, nahm er sich zum wiederholten Male vor. Zu seinen Schwächen zählte Hansen seine Unpünktlichkeit. Nicht dass er damit seine Überlegenheit demonstrieren wollte. Wie andere Leute das wohl tun. Nein, er vergaß einfach auf die Zeit zu achten. Wenn er dann zu spät kam, entschuldigte er sich stets artig für sein Versäumnis und versprach Besserung.

Höchst selten kam es dagegen vor, dass er eine Verabredung gänzlich versäumte. Und dass es ihm ausgerechnet mit der Einladung zum Abendessen passierte, schien einer höheren Gewalt zu folgen. Nicht dass er diesen Date verpasst hätte, nein, er hatte ihn völlig vergessen. Als ob sein Unterbewusstsein eine Sperre geschaltet hätte. Als wollte es ihm sagen: ‚Mein lieber Freund, du hast in deinem Leben genug Frauen gevögelt. Genug ist genug. Ich lösche diesen Termin von deiner Festplatte. Du wirst mir dafür noch einmal dankbar sein.'

Hansen hatte an dem warmen Sommertag nicht auf der faulen Haut gelegen, sondern in Prerow nach potentiellen Informanten gesucht. Sein erster Weg führte ihn zu den Inhabern des Campingplatzes. Er konnte von deren Unterstützung ausgehen, waren sie doch alte Kumpel, vielleicht sogar Freunde Ottos. Der Campingplatz wurde von einem Ehepaar mittleren Alters gemanagt. Sie hatten Hansen schon erwartet. „Lasst ihr euch auch mal blicken", knurrte ihn zur Begrüßung der Chef an. Und als er Hansens erstaunten Blick sah, fügte er an: „Na seit dem zweiten Mordfall sind nun schon zwei Wochen vergangen und bis heute hat sich noch keiner von der Kripo bei uns gemeldet."

Hansen entschuldigte sich, obwohl das nicht sein Versäumnis war. Denn er war nicht der Ermittler vor Ort.

Er wollte das dem alten Knurrhahn verklickern, doch der winkte nur ab: „Geschenkt. Ich bin selber vom Fach. Ich weiß schon, dass die Kollegen aus Ribnitz den Fall bearbeiten. Aber schön dass sie zu uns kommen. Ich denke, wir können euch helfen."

Hansen nahm dankbar die ihm angebotene Tasse Kaffee und fragte: „Wieso sind sie vom Fach? Waren sie früher bei der Kripo?"

Der Chef schmunzelte: „Nee, nicht Kripo. Ministerium des Inneren, zuständig für die Kriminalpolizei. Als das MDI 1990 aufgelöst wurde, habe ich mich mit meiner Susanne selbständig gemacht. Zuerst einen kleinen Imbiss, später dann den Campingplatz übernommen."

„Respekt", Hansen war beeindruckt, „das war für sie bestimmt keine leichte Entscheidung."

„Lassen sie mal", Susanne mischte sich jetzt ein, „wir wollen und können nicht klagen. Unser Leben ist heute besser als in der DDR. Es wäre gut, wenn wir über die Morde reden, unsere Zeit ist in der Hochsaison knapp bemessen."

Hansen kostete vom Kaffee. Ekelhaft, wieder diese selbstgebrühte türkische Soße. Jetzt nur die Fassung bewahren. Er hob den Daumen der rechten Hand: „Echt lecker, diese ostdeutsche Art der Kaffeezubereitung gefällt mir richtig gut."

Susanne freute sich über das unehrliche Lob. „Ja, es war nicht alles schlecht in der DDR. Manches könntet ihr noch von uns lernen."

Hansen kam nun doch lieber zum Thema. Er schob die Kaffeetasse beiseite und begann mit der Befragung: „Zuerst würde mich interessieren, ob ihnen das zweite Mordopfer bekannt war? War sie Gast oder Angestellte ihres Betriebes?"

Der Chef schüttelte den Kopf: „Weder noch. Wir kannten die Frau aber. Sie hielt sich oft in unserem FKK – Bereich auf. Eine niedliche Person, die gerne mit den anderen Urlaubern Volleyball spielte."

„Hatte diese Frau engere Beziehungen zu Männern? Hatte in diesem Zusammenhang ein gewisser Volker Bratos eine Rolle gespielt?"

Die Chefin nickte: „Bratos kennen wir. Er kommt schon seit vielen Jahren nach Prerow. Er hatte uns damals auch geholfen, als wir für unseren ersten Imbiss einen Kredit brauchten. Nur schade, dass seine Frau so früh sterben musste."

„Und", Hansen atmete tief ein, „hatte er Kontakte zu der zweiten getöteten Frau?"

Die Chefin überlegte: „Also Sport war Volker Bratos Sache nicht. Er lag eher am Strand, versteckt hinter seiner Sandburg und beobachtete die anderen Leute."

Hansen bohrte nach: „Das hört sich ganz so an, als wäre Bratos ein Spanner?"

Die Chefin zog die Stirn in Falten: „Soweit würde ich nicht gehen. Eher würde ich sagen, dass er etwas verklemmt war, eigentlich sogar sehr verklemmt."

Der Chef hob seine rechte Hand auf Augenhöhe und legte die Finger auf seinen Mund: „Jetzt rede dich hier nicht um Kopf und Kragen. Du willst doch nicht wegen Verleumdung verklagt werden."

„Da machen sie sich mal keine Sorgen", Hansen lehnte sich zurück. „Was hier gesprochen wird bleibt unter uns. Wir machen erst ein Protokoll, wenn es soweit ist. Dann können sie entscheiden, was wir schriftlich fixieren und was mündlich diskret zu behandeln ist."

Die Chefin war von Hansens Unterstützung sehr angetan: „Danke, Herr Kommissar. Wir reden hier ja nicht über Bagatellen. Immerhin wollen sie einen Serienmörder dingfest machen. Da muss alles auf den Tisch, was der Wahrheitsfindung dient."

Hansen nickte zustimmend: „Ist schon okay. Was können sie aus ihrer Erfahrung zur Persönlichkeit des Bratos sagen. Ich meine, was hat er für einen Charakter?"

Der Chef wollte nun nicht hinter seiner Frau zurückbleiben. Er fiel ihr ins Wort: „Ich denke, dass ich besser geeignet bin, ihre Frage zu beantworten, als meine Frau. Meine Frau hat doch nur Erfahrungen aus dem

Kindergarten, wo sie als Erzieherin gearbeitet hat. Ich dagegen habe eine Ausbildung zum Diplomjuristen erhalten. Da bildete Psychologie ein Studienfach."

Hansen unterdrückte ein Lachen. Er sagte möglichst neutral: „Ja gerne, wenn sie das wollen."

Der Chef setzte sich zurecht: „Ich meine, Bratos hat eine gespaltene Persönlichkeit. Auf der einen Seite ist er der clevere Banker. Klug, selbstbewusst und redegewandt. Auf der anderen Seite ist er ein verklemmter Psychopath. Ich kenne ihn von Kindheit an. Er wurde von seiner Mutter sehr streng erzogen. Deren ganze Liebe galt dem behinderten Bruder. Bratos wurde stets ausgemeckert, was er auch tat, es war falsch. Wenn andere Jugendliche seines Alters mit den Mädchen knutschten, saß er neben seiner Mutter vor dem Zelt und musste stricken. Da wuchs aus dem Hass gegen seine Mutter ein Hass auf Frauen überhaupt."

Diese Einschätzung überraschte Hansen: „Donnerwetter, das hört sich ja sehr qualifiziert an. Kompliment, Herr Kollege."

Der Chef freute sich über dieses Echo: „Sie müssen nicht glauben, dass wir in der DDR blöd waren. Wir haben in unserem Fernstudium die erste Nomenklatur an Gastprofessoren gehabt. Ich kann mich an den Namen nicht mehr erinnern, aber unser Psychologiedozent war eine internationale Konifere."

„Koryphäe", verbesserte ihn seine Frau, Koryphäe nicht Konifere."

„Haha, reingefallen", der Chef stand auf. „Das weiß ich natürlich, dass eine Konifere keine Koryphäe sein kann. Ich muss jetzt auch unser Gespräch beenden. Da warten schon einige Gäste auf mich. Das sind meine Könige, und Könige lässt man nicht warten."

Hansen konnte den Chef nicht aufhalten, wollte es auch nicht. Er hatte viel Neues erfahren und wollte unbedingt diese Gespräche vor Ort fortsetzen. Scheinbar ziellos schlenderte er über den Zeltplatz. Aber was heißt hier Zeltplatz. Mit einem Zeltplatz hatte dieses Anwesen so viel zu tun wie ein Trabant mit einem Mercedes. Wohin seine Augen auch wanderten, überall standen opulente, um nicht zu sagen protzige Wohnwagen und Wohnmobile. Unvermittelt blieben seine Füße vor einem Urlaubsdomizil stehen, das noch den Namen Zeltplatz rechtfertigte.

Ein dicklicher Mann stand nackend hinter dem Windschutz und goss Blumenkästen. Merkwürdig, wer nahm schon Blumenkästen mit auf die Urlaubsreise? Neugierig geworden grüßte Hansen den Dicken mit einem für seine Verhältnisse freundlichen: „Moin!" „Dag Herr Kommissar", erwiderte der Dicke mit erstaunlich hoher Stimme die Begrüßung. In diesem Augenblick trat er vor seinen Windschutz und Hansen hatte Mühe, den kleinen Holländer unter dem riesigen Bauch zu identifizieren. Kein Wunder, dass der mit so einem Lütten keine echte

Männerstimme hat, dachte Hansen. Laut aber sagte er: „Ich vermute mal, sie sind Holländer. Gefällt es ihnen hier?" Damit wollte sich Hansen weiterbegeben, denn ein Holländer würde ihm kaum helfen können, den Serienmörder zu entlarven. Der Dicke kratzte sich ungeniert an seinen Hoden und antwortete: „Ja wunderbar, ich komme schon seit zwanzig Jahren nach hier. Kenn alle Leute gut. Bin ein Kollege von ihnen aus Amsterdam. Vielleicht ich kann helfen, Täter zu ermittele."

Nun war Hansen an der Reihe, sich unbewusst zu kratzen, allerdings höher als der Holländer, am Kopf: „Warum eigentlich nicht, ein Profi sieht ja mehr als die anderen Camper. Sagt ihnen der Name Volker Bratos was?"

„Na klar, der Volkerle aus dem Wald. Ich nannte ihn nur das Rehlein, weil er war so schüchterne", der Dicke nickte zustimmend. „Den habe ich vor ein paar Tagen hier gesehen. Allerdings kamen wir nicht ins Gespräch. Er wollte wohl nicht erkannt werden. Trug immer einen Strohhut und eine großen Sonnenbrille."

Hansen wurde aufmerksam: „Wissen sie noch genau, wann Bratos hier war?"

„Kann mir schon denken, worauf sie hinauswollen. Ja, es war präzise an jenen Tagen, als hier die zweite Tote gefunden wurde", piepste der Holländer, „genauer gesagt war das Freitag vor 10 Tagen."

Hansen korrigierte ihn: „Die zweite Frauenleiche wurde in Prerow am Donnertag vor 14 Tagen entdeckt. Für mich ist von ausschlaggebender Bedeutung, dass wir Zeugen haben, die Bratos am Mittwoch und Donnerstag vor 14 bzw. 15 Tagen in Prerow gesehen haben."

„Ist schon okay", piepste der Dicke, „das kann ich vor jedem Gericht der Welt bezeugen." Er holte aus seinem Zelt eine Digitalkamera, schaltete sie ein und konnte endlich nach einigem Suchen die Aufnahme finden, auf die es ihm ankam: „Sehen sie hier, Kommissar. Das ist Bratos nackt auf unserem Campingplatz. Mit Sonnenhut und Sonnenbrille. Und hier, sehen sie das Datum 9.August. Damit haben sie einen gerichtskonformen Beweis."

„Leider nicht ganz", Hansen konnte ein Gähnen nicht unterdrücken. „Entschuldigung, ich hatte wenig Schlaf. Doch sie wissen so gut wie ich, dass Digitalaufnahmen nicht fälschungssicher sind. Aber das würde nur Sinn machen, wenn sie der Mörder sind. Und das kommt wohl nicht in Frage?"

Der Dicke kratzte sich wieder an seinen Hoden: „Trauen sie mir etwa kein Kapitalverbrechen zu?"

Nun musste Hansen doch lachen: „Mein Gott ja doch. Aber wir ermitteln auch im Zusammenhang unseres Serientäters zu einem Fall auf dem Harzer Nudistenwanderweg. Und da wären sie mit ihrem kleinen Schrittmacher bestimmt aufgefallen."

Der Dicke war gar nicht beleidigt. Ganz im Gegenteil. Er lachte laut auf: „Kleiner Schrittmacher ist wirklich gut, das muss ich mir merken."

Hansen verabschiedete sich nun rasch, denn er musste schon wieder gähnen. Er stampfte durch den weichen tiefen Sand zu seinem Hotel. Dort legte er sich mit Klamotten und Schuhen auf sein Bett und schlief umgehend ein. Er wurde erst um 23.00 Uhr von seinem Telefon geweckt. Es war seine Frau. Sie erkundigte sich, ob es ihm gut gehe und ob er ohne sie überhaupt einschlafen könne. Hansen antwortete wahrheitsgemäß, dass er schon seit fünf Stunden im Bett liege und soeben durch ihren Anruf geweckt worden sei. Aber wie das so mit den Wahrheiten und Lügen ist, seine Frau glaubte ihm nicht. Sie entblößte sich jedoch nicht, ihm das vorzuhalten, sondern wünschte ihm weiterhin gesunden Schlaf und legte den Hörer auf.

Hansen nahm das schon nicht mehr wahr, er fiel schon wieder in einen komösen Schlaf. Seine Verabredung mit der schönen Anwältin kam ihm nicht in den Sinn. Auch nicht am nächsten Morgen, als er gegen 8.30 Uhr in ihrer Kanzlei auftauchte um mit Norbert Guhrke zu sprechen, dem Finder des zweiten Mordopfers.

10. Der lange Arm der Stasi

Norbert Guhrke war mehr als geladen. Hinter ihm lag eine zermürbende Nachtfahrt. Die ganze Angelegenheit war für ihn ohne Nutzen. Warum hatte er bloß nicht seine Klappe gehalten. Der Teufel musste ihn geritten haben, als er die Polizei über den Fund der toten Frau informiert hatte. Nun saß er müde und durstig im Büro dieser Anwältin. Durch die offene Tür konnte er sehen, wie sich ein stämmiger Mann angeregt mit einer hübschen Frau unterhielt. Die Frau kannte er schon. Der handfeste Bursche musste der Quedlinburger Kommissar sein. Was die wohl zu tuscheln hatten. Die sollten gefälligst reinkommen, er wollte heute noch zurück nach Bayern. Auf seinen schnellen Diesel warteten noch einmal 800 Kilometer. Wenn alles gut lief, war er heute gegen 19.00 Uhr wieder zu Hause.

Endlich trat der Kommissar in den Raum. Allein. Die Anwältin kam Minuten später mit einem Kaffeetablett. Wenigstens was, dachte Guhrke, und nahm das angebotene Getränk dankend an. Hansen kam ohne Umschweife zur Sache: „Zuerst möchte ich ihnen danken, dass sie unsere Ermittlungen unterstützen. Das ist heute nicht mehr so selbstverständlich. Meine erste Frage an sie lautet: Kennen sie diesen Mann?"

Guhrke nahm sich Zeit das Foto zu betrachten. Natürlich kannte er diesen Mann. Aber sollte er das zugeben? Welche Folgen, Vor- oder Nachteile hatte es für ihn, wenn er angab diesen Bratos zu kennen. Vermutlich wurde gegen den ermittelt. Auf jeden Fall konnte es für ihn selbst zum Nachteil gereichen, wenn er gegen Bratos aussagte. Denn Bratos gehörte zu seinen Kreditgebern.

Und die Zeiten waren rau geworden. Es war in seiner Branche nicht mehr so leicht, eine Kreditlinie zu erhalten.

Hansen ließ Guhrke überlegen. Für ihn war sowieso klar, dass der Bratos kannte, sonst hätte er nicht so lange nachdenken müssen. Er entschied sich deshalb für einen seiner bewährten Bluffs: „Wenn ich ihrer Erinnerung helfen darf. Sie wurden in den vergangenen zwei Wochen mehrfach mit Bratos zusammen gesehen. Unsere Zeugen sprechen davon, dass sie mit Bratos ein enges, man kann sagen freundschaftliches Verhältnis hatten. Worum ging es in ihren Treffen mit Bratos."

Guhrke stellte seine Kaffeetasse mit einem heftigen Ruck auf den Tisch, so dass sich die braune Flüssigkeit über das edle Furnier ergoss: „Das geht sie, mit Verlaub gesagt, nichts an. Herr Kommissar. Ist das alles, was sie von mir wollen. Dafür muss ich 1.600 Kilometer fahren? Das hätte ich ihnen auch telefonisch sagen können."

Hansen zuckte mit keiner Wimper: „Ich bitte sie, sich zu beherrschen. Wir ermitteln hier gegen einen Serien-mörder und da müssen sie uns schon sagen, wie ihr Verhältnis zu einem Tatverdächtigen war."

Guhrke beruhigte sich wieder: „Es ging um geschäftliche Dinge, Kredite eben. Bratos half mir das öfter mal aus."

Hansen fasste nach: „War ihr Verhältnis nur geschäftlicher Natur, oder pflegten sie auch einen privaten Umgang."

Guhrke: „Was meinen sie mit privatem Umgang?"

Hansen: „Haben sie zusammen gefeiert? Welches Verhältnis hatte Bratos zu Frauen?"

Guhrke: „Feiern war nicht so sein Ding. Bratos war irgendwie verklemmt, wenn es um Frauen ging." Mit einem Seitenblick auf Ingrid Wahl beugte er sich nach vorn und blinzelte Hansen zu: „Nachdem seine Frau einige Monate tot war, wollte ich ihm mal eine Abwechslung verschaffen und habe uns zwei heiße Puppen in meine Hotelsuite bestellt. Da ist Volker Bratos ganz nervös geworden. Ist einfach aufgestanden und weggerannt. Ich habe das dann später nicht mehr gemacht." Kaum hatte Guhrke diese Information ausgesprochen, da bereute er seine Offenheit schon. Er bemühte sich, seine Äußerung abzuschwächen: „Aber damit will ich natürlich nicht behaupten, dass Bratos ein Psychopath ist der Frauen hasst und ermordet. Wie steht es eigentlich um ihren Kollegen Heinz Otto? Ich denke der ist der Hauptverdächtige. Ich kenne den schon lange. Der hat nichts gegen Frauen, aber reicht das für eine Unschuldsvermutung aus?"

Hansen reagierte unwirsch: „Die Fragen stelle ich hier." Er stand auf und ging zum Fenster. Von dort führte er die Unterhaltung fort: „Sie sagen, dass sie Heinz Otto schon lange kennen. Wie lange genau?"

Guhrke: „Ich glaube seit 1980. Wir kennen uns recht gut vom Regenbogencamp. Sie wissen schon, dem FKK Zeltplatz."

Hansen: „Wenn sie sich so gut kennen, was halten sie von dem Gerücht, dass Heinz Otto zwei junge Männer, die über die Ostsee nach Dänemark flüchten wollten, bei der Stasi angezeigt hat."

Guhrke winkte nur ab: „Aber das war doch nicht Heinz Otto. Der Peter Greif hat diese Lüge in die Welt gesetzt. War doch nur Ausdruck seines Hasses und Neides auf Heinz Otto, weil er selber als ehemaliger Stasioffizier keine Arbeit in der Westpolizei gefunden hat."

Hansen fiel ein Stein vom Herzen. Verstohlen schielte er zu Ingrid Wahl. Sie lächelte ihm aufmunternd zu.

Guhrke spürte, dass seine Aussagen eine positive Resonanz fanden. Er wollte diese Chance nicht ungenutzt verstreichen lassen: „War es das, kann ich gehen?", fragte er.

Hansen schüttelte den Kopf: „Nein, noch nicht. Ich habe einige Fragen zum Auffinden der Frauenleiche. Wann und wo genau haben sie die Frau gefunden?"

Guhrke: „ich habe das aber schon ihren Ribnitzer Kollegen erzählt. Also noch mal. Es war am Freitag gegen Mittag. Genauer gesagt gegen 12.30 Uhr. Entdeckt habe ich sie dort in den Dünen beim FKK Strand, als ich kacken musste."

Hansen: „Ist es nicht ungewöhnlich, dass die Leiche so spät entdeckt worden ist. Immerhin soll der Mordeizeitpunkt am Tag vorher um 9.00 Uhr gewesen sein."

Guhrke: „Bin ich der Ermittler oder sie. Allerdings haben sie recht, dieser Platz ist das inoffizielle Scheißhaus des Zeltplatzes. Die Leiche lag offen da. Die hätte schon früher entdeckt werden können, ja müssen."

Ingrid Wahl mischte sich an dieser Stelle das erste Mal in das Gespräch ein: „Was halten sie von der Idee, dass die Leiche da noch nicht so lange gelegen hat, ich meine über 24 Stunden. Sondern, dass sie kurz vor ihrer Entdeckung erst dorthin verbracht worden ist?"

Hansen: „Eher unwahrscheinlich. Das Scheißhaus war ja schon geöffnet, Das hätten die Leute doch bemerken müssen. Wenn da eine Frauenleiche angeliefert wird."

Ne, ne", Guhrke hob seinen rechten Zeigefinger, „nicht am Freitag früh. Da hatte es stark geregnet. Der Regen hörte erst gegen 10.00 Uhr auf."

„Und", Hansen war aufs äußerste gespannt, „ konnten sie Blutspuren am Tatort feststellen, war die Leiche nass oder trocken?"

Guhrke druckste rum: „Also, das weiß noch keiner, aber ich habe heimlich mit meinem Smartphon einige Fotos von er Leiche gemacht. Ich wollte das eigentlich ins Internet stellen, das war mir dann aber doch zu heiß. Soll ich ihnen die mal zeigen?"

„Mann Gottes", Hansen fluchte laut, „ja natürlich müssen sie die Fotos zeigen. Los her damit!"

Ingrid Wahl und Horst Hansen stießen mit den Köpfen zusammen, so hastig reckten sie ihre Hälse nach den Fotos auf dem Smartphone. „Was meinst du, kannst du was Wichtiges erkennen?", fragte Ingrid Wahl. Hansen blieb wegen der Anwesenheit Guhrkes reserviert. Er wandte sich Guhrke zu: „Das Handy muss ich vorübergehend beschlagnahmen. Unsere Techniker werden die Fotos gründlich auswerten und für unsere Ermittlungen aufbereiten." Und nach einigem Zögern: „Jedenfalls sind ihre Aufnahmen von unschätzbarem Wert. Hat der Kollege Mühlfeld sie nicht danach gefragt?"

Guhrke grinsend: „Der Mühlfeld hat sich doch gar nicht für mich und meine Kenntnisse interessiert. Der war doch sofort hinter Heinz Otto her. Das ist doch hier stadtbekannt. Der will den Otto fertigmachen." „Und sie, was wollen sie?", fragte Ingrid Wahl. „Mir ist das im Prinzip Wurscht. Wenn ich aber richtig überlege, würde ich den Bratos als Täter vorziehen. Der hat immer so ein hinterfotziges Gesicht gemacht. Ach, sie können mir glauben, diese geleckten Banker kotzen mich an. Die sind doch alles perverse Schweine. Laufen in ihren albernen Anzügen rum und bilden sich sonst was ein. Denen bereitet es doch richtig Vergnügen, wenn sie unsere Kreditanträge ablehnen. Wie ich das hasse, wenn sie genüsslich unsere Wirtschaftlichkeitsberechnungen lächerlich machen."

An dieser Stelle brach Hansen das Gespräch ab. Er bedankte sich bei Norbert Guhrke und verließ, ohne auf Ingrid Wahl zu warten, den Raum. Der Anwältin war das peinlich. Sie verabschiedete sich höflich von Norbert Guhrke und spendierte ihm für die Rückfahrt noch eine kleine Thermoskanne mit heißem Kaffee. Danach eilte sie in ihr Büro, wo sie Hansen vermutete. Aber der saß schon ins einem schnellen Volvo und raste nach Prerow. Dort angekommen stürmte er in sein Hotelzimmer und schickte die Fotos vom Tatort per Internet an seine Quedlinburger Kollegen von der Kriminaltechnik. Danach lief er schnurstraks zum angeblichen Tatort in den Dünen hinter dem FKK Strand. Dort schlug ihm der Latrinengeruch entgegen. Er kündete von der guten Verdauung vieler Generationen von Badegästen. Die Schuhe, rumorte es in seinem Kopf, an den Schuhen werden wir den Täter erkennen. Welche Schuhe könnte Bratos angehabt haben. Oder war er barfuß? Eher unwahrscheinlich. Wir müssen sein Haus durchsuchen und alle Schuhe beschlagnahmen. Und nicht nur Spuren von diesem Ort, sondern auch von den anderen Tatorten mit den Spuren an seinen Schuhen vergleichen.

Er setzte sich, ohne auf den Sand zu achten. Was habe ich an Beweisen und Indizien, fragte er sich. Da ist erstens dieser Rest des Kontoauszuges, der eindeutig Bratos zugeordnet werden kann. Da gibt es Zeugen, dass Bratos an den Örtlichkeiten zu den fraglichen Zeiten gesehen worden war. Die Motivlage ist schlüssig. Er ist ein Frauenhasser, der sich brutal wegen der Unterdrückung durch seine Mutter und den frühen Tod seiner Frau rächt. Und wenn jetzt noch an seinen Schuhen nachvollzogen werden kann, dass er an allen drei Tatorten war, reicht das für seine Verhaftung und Anklage.

Das Telefon riss ihn aus seinem Selbstgespräch. Sein Quedlinburger Kriminaltechniker hatte alles liegen gelassen und die Fotos ausgewertet. „Was wollen sie wissen, Herr Hauptkommissar"; fragte er.

Hansen: „Die zentrale Frage für mich ist, ob der Fundort der Leiche auch der Tatort ist. Sie müssen für die Beantwortung dieser Frage wissen, dass es bis einer Stunde vor dem Auffinden des Opfers stark geregnet hatte." Es dauerte einige Minuten, bis die Antwort kam: „Die Leiche hat dort nicht im Regen gelegen. Das mache ich erstens daran fest, dass ihre Haare nicht danach aussehen. Zweitens mache ich das daran fest, dass auf dem nackten Frauenkörper reichlich Sand ist. Im Falle eines starken Regens wäre dieser Sand weggespült worden. Die Leiche war trocken, als sie dort abgelegt worden ist."

Hansen atmete hörbar aus: „Also frühestens Freitag nach 10.00 Uhr."

Damit brach die Anklage gegen Heinz Otto in sich zusammen. Er konnte unmöglich am Freitag nach 10.00 Uhr die Leiche dort angelegt haben, weil er für diesen Zeitpunkt ein stichfestes Alibi besaß. Er war von 9.00Uhr bis 11.00 Uhr in Ribnitz beim Zahnarzt.

Ohne Zeitverzug setzte sich Hansen in seinen schnellen Schweden und raste nach Ribnitz, um seine neuen Erkenntnisse mit der Anwältin zu teilen. Ohne anzuklopfen riss er die Tür ihres Büros auf und rief: „Wir haben ihn, den Täter. Wir können auch Ottos Unschuld beweisen." Erst jetzt bemerkte er, dass Oberkommissar Mühlfeld am Tisch saß. Der schniefte durch die Nase und sagte gedehnt: „Nun mal langsam mit den Pferden, Herr Kollege. Sie haben mich neugierig gemacht. Außerdem riechen sie recht penetrant. Wo haben sie sich denn rumgetrieben?"

Ingrid Wahl musterte verstohlen Hansens Kleidung. Da sie nichts entdecken konnte, was der Grund für den üblen Geruch war, betrachtete sie Hansens Hinterfront. Und richtig, er hatte unter der Schuhsohle einen großen braunen Klumpen. Sie bat ihn, den Schuh auszuziehen und betrachtete mit gerümpfter Nase die braune Materie: „Sieht nach Hundescheiße aus. Ich stell den Schuh mal vor das Haus, du kannst ihn nachher säubern."

Hansen hob abwehrend die Hände: „Nein, bitte nicht säubern, das ist eine menschliche Ausscheidung vom Fundort der Leiche. Wir müssen untersuchen, ob sich diese Kacke auch am Schuhwerk unseres Tatverdächtigen findet. Die schicke ich gleich an meine Gerichtsmediziner."

Mühlfeld sprang wie von der Tarantel gestochen in die Höhe: „Gar nichts machen sie mit diesem Kot. Egal ob er von einem Hund oder von einem Menschen ist. Der Schuh ist beschlagnahmt." Ohne ein weiters Wort verließ er das Büro, den verunreinigten Schuh weit von sich haltend.

Ingrid Wahl war amüsiert. Sie konnte Horst Hansen einfach nicht böse sein. So einen Burschen hätte sie schon gerne zum Mann. aber Hansen war wohl nicht interessiert. Sonst hätte er ihre Einladung von gestern Abend nicht versäumt. „Kann man erfahren, welche neuen Erkenntnisse du hast und warum du gestern Abend nicht zu mir gekommen bist."

Hansen sagte nur: „Gleich, bin gleich wieder da." Er rannte aus dem Büro. Nach wenigen Minuten kam er zurück, eine Plastiktüte in der Hand. Grinsend zeigte er darauf: „Das ist von der Fußmatte meines Volvos. Das hat Mühlfeld wohl übersehen."

Ingrid Wahl wurde die Kotaffäre nun doch zu blöd. Sie raunzte ihn an: „Im Touristenklo in den Dünen ist doch genug Kacke für alle. Warum um alles in der Welt streitet ihr euch darum. Warum sind Männer immer so verbohrt. Komm schon, antworte gefälligst auf meine Fragen."

„Gut", Hansen zwang sich zur Ruhe und Freundlichkeit, „die neuen Erkenntnisse besagen, dass der Fundort der Leiche nicht der Tatort ist. Sie wurde dort am Freitag zwischen 10 und 11 Uhr abgelegt. Damit scheidet Otto als Täter aus. Denn er hat für diese Zeit ein belastbares Alibi. Du weißt, er war beim Zahnarzt."

Ingrid Wahl war nun doch mehr überrascht als erfreut: „Kannst du das beweisen?" Und nachdem Hansen genickt hatte. „Gut, dann geh ich zum Rrichter und bewirke die Haftentlassung Ottos.

Hansen erleichtert: „Na dann wollen wir mal los, damit Heinz Otto bald wieder frei ist."

Ingrid Wahl: „Nee mein lieber Freund und Kupferstecher, so leicht kommst du mir nicht davon. Du bist mir noch eine Erklärung schuldig wegen gestern Abend."

Hansen überlegte, ob er sich mit dringenden dienstlichen Pflichten rauslügen sollte, entschied sich dann aber doch für die Halbwahrheit: „Tut mir leid, ich hab's einfach verschlafen. Ich war müde, habe mich um fünf Uhr aufs

Bett gelegt und bin dann erst nach Mitternacht wieder aufgewacht."

Ingrid Wahl merkte ihm an, dass er flunkerte, beließ es aber dabei. Statt dessen hakte sie Horst Hansen liebevoll unter: „Da du ja jetzt gut ausgeschlafen sein musst, könntest du dich bitte um die Vita unseres Oberkommissars Mühlfeld kümmern. Wir brauchen weitere Informationen, warum der so unnachsichtig hinter Heinz Otto her ist. Da muss es etwas aus alter DDR – Vergangenheit geben, das uns eine Erklärung liefert."

Hansen reagierte nicht gerade erfreut auf diese Anweisung: „Sind wir schon so weit, dass Anwälte die Polizei anweisen. Im Übrigen wüsste ich auch gar nicht, wie ich an derartige Informationen kommen kann."

Ingrid Wahl: „Nun stell mal dein Licht nicht unter den Scheffel. Erstens befrage die Leute, zweitens forsche in der Landesbehörde für die Stasiunterlagen in Waldeck."

Dieser Auftrag gefiel Hansen überhaupt nicht. Jede Form von Büroarbeit war ihm zuwider. Also rief er erst einmal in der Waldecker Stasibehörde an. Im Irrglauben, die gewünschten Informationen telefonisch zu bekommen. Die Mitarbeiterin wies ihn schnoddrig auf die Gesetze zur Verwaltung der Stasiunterlagen hin. Er solle einen Antrag stellen, die Kollegen würden zu gegebener Zeit nachschauen, was über Mühlfeld vorlag.

Eine Stunde später stand Hansen der Frau gegenüber. Er hielt ihr seinen Dienstausweis vor die Nase und sagte, jede Silbe betonend: „Wenn sie mir nicht augenblicklich die Akten über Herrn Mühlfeld vorlegen, mache ich sie persönlich haftbar, wenn es zu weiteren bestialischen Frauenmorden kommt. Um es anders auszudrücken: Dann sorge ich dafür, dass sie mit ihrem schicken Schreibtisch hier verschwinden und zukünftig bei ALDI die Regale füllen dürfen."

In der offenen Tür zum Nachbarzimmer erschien ein Mann im Pullover. Er stellte sich als Leiter der Behörde vor und bat Hansen in sein Büro. Ohne lange Umschweife versprach er, Hansen zu unterstützen. Schließlich sei große Gefahr im Verzug und für solche Fälle könne er Sonderentscheidungen treffen.

Zehn Minuten später hatte Hansen Mühlfelds Akte in den Händen. Sehr zu seiner Enttäuschung enthielt sie nur wenige Seiten. Mühlfeld war kein inoffizieller Mitarbeiter der Stasi gewesen, gegen seine Beschäftigung im öffentlichen Dienst gab es keine Einwände. Enttäuscht wollte Hansen schon das Gebäude verlassen, als ihn ein älterer Mann am Ärmel fasste. Er flüsterte: „Kommen sie mal mit. Ich bin Pfarrer und arbeite nebenbei in dieser Behörde an einer Untersuchung der Rolle der Stasi in meiner Kirchengemeinde. Sie müssen wissen, hier liegt jede Menge Sprengstoff. Man muss nur die Wege kennen. Haben sie nicht einen Hinweis, wo wir im Falle Mühlfeld graben müssten?" Hansen wurde hellhörig: „Ich denke schon. Da gab es eine gescheiterte Flucht zweier junger Männer auf einem Surfbrett. So in den späten siebziger Jahren. Einer dieser armen Teufel wurde dabei erschossen. Mühlfeld soll dabei seine dreckigen Pfoten im Spiel gehabt haben."

Der Pfarrer nickte bedächtig mit dem Kopf: „haben sie noch weitere Infos, damit ich gezielter suchen kann?"

Hansen: „Eigentlich weiß ich darüber nicht mehr. Außer vielleicht, dass die Flucht vom Prerower Nordstrand losging."

„Das ist ja schon was", der Pfarrer bat Hansen um Geduld und verschwand hinter einer Tür aus Stahlblech. Das Schild „Betreten verboten" schien für den Pfarrer nicht zu existieren. Hansen wartete, um nicht aufzufallen, im Auto. Nach einer Stunde klopfte der Pfarrer an die Scheibe. Triumphierend hielt er seine alte schäbige Lederaktentasche hoch: „Ich habe Sprengstoff für sie, vom Feinsten." Er ließ sich auf den Beifahrersitz fallen und öffnete die Tasche. Hansen bemerkte, dass sein Gast einen muffigen Geruch verströmte. So, wie es Leute an sich haben, die ihre Wäsche nicht regelmäßig lüften. Der an seinen eigenen penetranten Körpergeruch gewohnte Pfarrer zog aus der Tasche einen Stapel Papier. Mit Schreibmaschine verfasst. Zielgerichtet griff er ein Blatt und las vor: „Bericht über die erfolgreiche Verhinderung einer illegalen Republikflucht am 31. August 1979. Die Flucht von zwei jungen Männern", hier machte er eine Pause: „Die Namen tun nichts zur Sache", dann fuhr er fort : „Konnte erfolgreich verhindert werden. Das wurde durch die hervorragende Unterstützung der Organe des MfS durch Genossen Mühlfeld aus Prerow ermöglicht."

Er unterbrach erneut das Vorlesen und sagte: „Den ausführlichen Bericht erspare ich uns, wichtig ist wohl nur noch der letzte Absatz, wo es heißt: „Genosse Mühlfeld verdient für sein von Klassenbewusstsein zeugendem Verhalten eine Belobigung. Wie schlagen die Verdienstmedaille der DDR vor. Leider können wir nicht alle beteiligten Genossen in gleicher Weise für ihr sozialistisches Pflichtbewusstsein loben. Genosse Heinz Otto, der nach der Einschätzung des Genossen Mühlfeld, von dem geplanten illegalen Fluchtversuch wusste, hat darüber nicht die Organe des MfS unterrichtet. Wir empfehlen deshalb, gegen ihn ein Parteiverfahren zu führen mit dem Ziel, ihn aus der Polizei zu entfernen."

Wortlos nahm Hansen das Schreibmaschinenblatt und kopierte es mit seinem Smartphon. Er drückte dem Pfarrer fest die Hand: „Danke, das hat mir sehr geholfen. Passen sie bitte gut auf dieses Dokument auf."

Er war schon einige Meter gefahren, hielt aber noch einmal an, kurbelte das Fenster runter und fragte den Pfarrer: „Wieso redet die Stasi immer von illegaler

Republikflucht? Gab es auch eine legale Republikflucht?"
Der Pfarrer lachte, winkte ab und sagte: „Diese Frage ist
noch keinem gekommen. Muss ich mir merken. Vielleicht
gab es doch eine legale Flucht, nämlich aus der Sicht der
westdeutschen Seite. Die haben unsere Flüchtlinge ja
nicht als Illegale betrachtet, sondern sie als Brüder und
Schwestern in Christi freundlich empfangen."

Hansen gab Gas , der Volvo nahm rasch Tempo auf.
Irgendwie tat es ihm gut, diesen Stasizuträger entlarvt zu
haben. In Prerow wurde er schon von Ingrid Wahl
erwartet. Hansen gehörte nicht zu den Philosophen und
Rhetorikern. An diesem Tag machte er eine Ausnahme.
Für seine Verhältnisse detailreich berichtete er über seine
Recherchen in der Außenstelle der Stasibehörde. Als er
seinem Redefluss eine Pause gönnte, war es an Ingrid
Wahl, ihn zu erinnern, dass ihn das Thema Stasi nie
besonders interessiert hatte. Hansen wich der Frage nicht
aus: „Das stimmt, ich hielt das für ein Problem der
Ostdeutschen. Jetzt erlebe ich selber, wie aktuell dieses
Erbe auch für uns Altdeutsche ist. Obwohl es eigentlich
nicht unser Erbe ist."

Ingrid Wahl erwiderte: „Ich sehe das anders. Wir Ost- und
Westdeutschen   sind   die   Erben   des   gesamten
Deutschlands. Damit gehört uns auch das gesamte Erbe
der Deutschen und ihrer Geschichte. Es gibt keine
historische Müllabfuhr, wo man den unbequemen Teil
des Erbes entsorgen kann. Wir können das Erbe auch

nicht ausschlagen, denn es ist einfach da, ob wir es wollen oder nicht. Das bedeutet, dass wir uns mit diesem Erbe auseinandersetzen müssen."

Hansen: „Was du da sagst, betrifft ja nicht nur die Stasi, sondern auch das Thema Nationalsozialismus. Demnach gehören also auch die Verbrechen der Nazis zu unserem Erbe?"

Ingrid Wahl: „Ganz richtig. Ich erinnere mich an eine Fernsehdokumentation über eine Unternehmerfamilie aus der Autobranche. Die Väter und Großväter hatten mit den Nazis Geschäfte gemacht, so auch Häftlinge ausgebeutet. Einer der Enkel hatte vor der Kamera gemeint, mit diesem Erbe habe er nichts zu tun, er war damals noch gar nicht auf der Welt. Nein, so ging das nicht. Er ist der Erbe, er muss das anerkennen und darüber urteilen. Nicht nur die dicke Kohle einkassieren, sondern auch für das Handeln der Vorfahren einstehen. Wenn es sein muss, sie dafür moralisch verurteilen und vielleicht sogar Wiedergutmachung leisten. Geld genug hätte er ja."

Hansen wurde nachdenklich: „Ja, es tut mir gut, aktiv gegen das Erbe der Stasi gekämpft und gesiegt zu haben. Morgen werde ich den Sauladen mit Mühlfeld auffliegen lassen. Dann kommt auch Otto wieder frei. Diese Momente des Erfolges und Glücklichseins entlohnten mich für die vielen Enttäuschungen meines Polizistenlebens."

Er verabschiedete sich von der Anwältin. Ihm war jetzt nur noch nach Schlaf. Ingrid Wahl akzeptierte das, auch wenn sie sich die Siegesfeier anders gewünscht hatte. Kann ja noch kommen, tröstete sie sich.

11. Abrechnung

Hansen betrat ohne anzuklopfen das Dienstzimmer des Ribnitzer Revierleiters. „Herr Polizeirat, ich bin Hauptkommissar Horst Hansen, Leiter der Quedlinburger Mordkommission", sagte er mit ruhiger und kräftiger Stimme. „Ich habe im Rahmen meiner Ermittlungen Kenntnis davon erlangt, dass einer ihrer Mitarbeiter mit der Stasi zusammengearbeitet hat und kausale Schuld an der Tötung eines Jugendlichen bei einer Republikflucht trägt. Ich möchte sie heute darüber informieren."

Der Revierleiter erschrak. Er hatte gerade in der Tageszeitung gelesen. Er war so überrascht, dass er die Zeitung weiter in den Händen hielt. Wortlos starrte er Hansen an. Es dauerte einige Sekunden, bis er zu einer Reaktion fähig war. Er deutete auf einen Stuhl: „Bitte nehmen sie Platz. Um wen handelt es sich, welchen meiner Leute beschuldigen sie mit ihrer massiven Behauptung. Haben sie dafür stichhaltige Beweise?"

Hansen nahm den angebotenen Stuhl nicht an, sondern blieb stehen. Er holte tief Luft und sagte in seinem Hamburger Dialekt: „Ich beschuldige den Hauptkommissar Mühlfeld. Hier ist ein Schreiben der Stasi, aus dem die Schuld des Herrn Mühlfeld ersichtlich ist."

Der Revierleiter nahm die Kopie des Stasidokumentes und las jedes Wort von Anfang bis zum Ende. Dann nahm er sein Telefon und rief den Staatsanwalt an: „Ich benötige einen Haftbefehl für Heiner Mühlfeld, derzeit Oberkommissar der Kriminalpolizei und Mitarbeiter in meinem Revier, wegen Beteiligung an der Ermordung eines jungen Mannes durch die Stasi."

Während des Telefonates war die Tür zu seinem Dienstzimmer geöffnet worden. Seine Sekretärin betrat mit dem 9.00 Uhr Kaffee den Raum. Durch die offene Tür hörten weitere Polizeibeamte von der schweren Schuld ihres Kollegen. Da Heiner Mühlfeld sich nicht über zu wenige Feinde beklagen konnte, verbreitete sich die Nachricht schneller als der Schall im gesamten Revier. Mühlfeld erfuhr nach fünf Minuten davon, als er sein zweites Frühstück im Stamm Café zu sich nahm. „Verdammte Scheiße", schrie er laut und sprang wie von der Tarantel gestochen auf. Aber da stand schon sein Chef Hauptkommissar Krüger in der Tür und sagte mit viel Genugtuung in der Stimme: „Herr Mühlfeld sie sind verhaftet. Übergeben sie mir sofort ihre Waffe und ihren

Dienstausweis. Wenn sie sich ruhig verhalten, kann ich auf Handschellen verzichten."

Wenige Minuten danach konnte Mühlfeld die Arrestzelle des Reviers von innen erleben. Er hatte einen Schock erlitten und war nicht in der Lage, klar zu denken und vernünftige Entscheidungen zu treffen. Woher wissen die das, hämmerte es in seinem Schädel. Wer war das Schwein, das mich verraten hat.

Der Revierleiter hatte inzwischen den Haftbefehl erhalten und belehrte den Inhaftierten über seine Rechte. Als er ihn auf die Möglichkeit hinwies, einen Rechtsanwalt zu seiner Verteidigung heranzuziehen, wirkte das wie eine Sauerstoffdusche für sein Gehirn. Plötzlich funktionierte es wieder. Rechtsanwalt, das ist gut dachte er. Erst einmal sage ich nichts, bis ich meinen Anwalt habe, schweige ich. Er hatte gute Verbindungen zu alten Seilschaften und hoffte, über diese Kontakte einen erfahrenen Anwalt zu finden.

Seine Wahl fiel auf einen prominenten Anwalt, der schon in der DDR aktiv war und in der Wendezeit eine wichtige Rolle in der Übergangsregierung gespielt hatte. Er konnte sich vor Aufträgen nicht retten, denn er war dafür bekannt, dass er sich um die Verteidigung alter SED Kader verdient gemacht hatte. Als ihm eine Journalistin deshalb Vorwürfe machte, reagierte er abgebrüht. Es ginge nicht um Sympathie für diese Leute, sondern um die Einhaltung der Gesetze. Auch ein Verbrecher habe Anspruch auf eine Verhandlung im Rahmen der Gesetze, darum und nur darum ginge es ihm. Auch wenn ihm während seiner Arbeit in der DDR die Gesetze egal waren, oder willkürlich angewandt wurden.

Aber dieses Thema war für Hansen nicht mehr relevant. Für ihn kam es jetzt darauf an, den Haftbefehl gegen Heinz Otto aufzuheben und den tatsächlichen Serienkiller zu entlarven. Wie er richtig vermutet hatte, war mit der Verhaftung Mühlfelds das Eis gebrochen. Die Ribnitzer Kollegen waren auf einmal sehr kooperativ. Hansen bekam schon für den nächsten Tag einen Termin beim Leiter der Mordkommission Krüger.

Pünktlich fünf Minuten vor 9.00 Uhr betrat Hansen das Revier, wo er mit Krüger ausführlich über den Stand der Ermittlungen sprechen wollte. Das Leben besteht aus Geben und Nehmen, sagte er sich. Beide Ermittlergruppen konnten davon Nutzen ziehen. Überrascht musste Hansen feststellen, dass Krüger nicht auf ihn wartete. Krüger war nicht da. Hansen klopfte an die nächstbeste Tür, und fragte nach ihm. Eine junge Polizistin sah ihn mit ihren großen rehbraunen Augen an: „Ja wissen sie denn das noch nicht, Mühlfeld ist abgehauen, Krüger sucht ihn mit einem großen Aufgebot.“

Hansen war nun doch überrascht: „Wie konnte das passieren?“

Die junge Polizistin zuckte nur mit der Schulter: „Mühlfeld hatte sich wohl einen Generalschlüssel besorgt. Die

Kollegen hatten versäumt, ihn einer Leibesvisite zu unterziehen."

Hansen ging rasch zu seinem Volvo. Was hatte Mühlfeld vor. Drohte ihm oder anderen beteiligten Personen Gefahr. Wozu war der angeschossene Wolf fähig. Er startete den Motor und war eben im Begriff, ins Hotel zu fahren, als Krüger kam. „Kommen sie mit, Hansen", rief er ihm zu, „wir fahren zu Mühlfelds Frau. Vielleicht kann die uns was sagen."

Mühlfeld wohnte in einer Plattenbauwohnung im dritten Stockwerk. „Was denn, kein Fahrstuhl?", Hansen war genervt. Schwitzend standen sie endlich vor der Wohnungstür. Hansen zog sicherheitshalber die Pistole. Krüger drückte energisch den Klingelknopf. Nach einer ganzen Weile hörten sie schlurfende Schritte. In der Tür stand eine Frau im Nachthemd. „Ja, was wollt ihr", sagte sie gedehnt. Eine Alkoholfahne schlug den Männern entgegen. Hansen empfand Ekel vor dieser Frau. Er schätzte sie auf gute 60 Jahre. Sie war dick, ungepflegt und stank. Eines dieser Merkmale hätte schon genügt, um Hansen abzustoßen. Drei waren echt eklig.

Nun erkannte sie Krüger. Der fragte direkt, ohne Umschweife: „Wir mussten Heiner Mühlfeld gestern wegen Beteiligung an einem Mord verhaften. Leider ist er aus dem Arrest geflohen. Weißt du, wo er sich aufhält."

„Hier ist er jedenfalls nicht", sie kratzte sich ungeniert am Oberschenkel. „Wird wohl bei seiner Schlampe sein."

Hansen hielt es nicht länger aus. Er musste hier weg, sonst kam ihm noch das Frühstück hoch. „Wie heißt diese Frau, wo wohnt sie, bitte schnell, wir haben keine Zeit", sagte er barsch. „Was ist denn das für einer, gehört der neuerdings zu euch?", fragte die Frau. „Ja, so ist es," antwortete Krüger, „sag schon wo seine Geliebte zu finden ist."

„Woher soll ich das wissen", der Frau wurde die Sache zu dumm. Sie drehte sich um und verschwand in ihrer Wohnung. Krüger war im Begriff die Treppe hinabzusteigen, Hansen hielt ihn auf: „Wir müssen das kontrollieren. Kann gut sein, der sitzt da drin und frühstückt in aller Ruhe."

Die dünne Wohnungstür gab mit einem wehmütigen Knacken den Weg frei, als Hansen kräftig dagegen drückte. Sie hatten richtig vermutet. Mühlfeld war hier gewesen und bei ihrem Erscheinen über die Feuertreppe geflüchtet.

„Mein lieber Gott", Krüger musste jetzt lachen, „was haben wir uns blöde angestellt. Das erzählen wir besser keinem."

Hansen hielt sich nicht länger mit Spekulationen auf, sondern rannte so schnell er konnte die Treppe runter. Immer mit großen Sätzen, mehrere Stufen gleichzeitig nehmend. Als er keuchend unten ankam, lag Mühlfeld im Gras und hielt sich jammernd das rechte Bein. „Was ist los", fragte Hansen, „haben sie sich verletzt?" Er wollte dem Verletzten auf die Beine helfen. Er war kaum in Mühlfelds Nähe, da riss dieser Hansen die Pistole aus dem Halter und zielte auf ihn. Er brüllte ihn an: „Nun aber schön die Pfoten hoch und ab zu ihrem Dienstwagen. Oder ich knalle dich über den Haufen."

Krüger war nicht so schnell unten wie Hansen, denn er hatte die Feuertreppe gewählt. Die enge und steile Nottreppe ließ kein schnelles Laufen zu, so dass Mühlfeld schon mit Krügers Dienstwagen losgefahren war, als Krüger, schimpfend wie ein Bierkutscher, unten ankam. Er ordnete umgehend die Verfolgung an.

Mühlfeld saß hinten und hielt Hansen die Pistole in den Nacken. „Nun gib schon Gas, du Arsch, wir sind hier nicht auf Urlaubsreise." In Tribsees unterbrach Mühlfeld die Flucht und wechselte das Fluchtauto. Sehr zu Hansens Verwunderung keinen schnellen Oberklassewagen, sondern einen unscheinbaren Polo. Hansen musste wieder fahren. Verdutzt bemerkte er, dass dieser Kleinwagen erstaunliche Antriebskräfte haben musste. Er wandte sich an Mühlfeld: „Haben sie den frisiert, der hat doch mehr als 100 PS?"

Mühlfeld: „Schnauze Klugscheißer. Denkst wohl ich bin so blöd, dass ich nicht vorbereitet war? Na klar ist der frisiert, hat Minimum 200 PS."

Hansen versuchte aus Mühlfeld den Fluchtweg rauszukriegen. „Wohin soll denn die Reise gehen, nach Osten oder Westen." Er rechnete ohnehin nicht mit einer wahren Antwort , sondern wollte Mühlfeld nur ablenken, um sein Handy unbemerkt auf Anruf zu schalten zu können.

Mühlfeld roch den Braten und warf Hansens Handy aus dem Fenster. Mit unvermindert hohem Tempo raste der aufgepumpte Polo Richtung Osten. Hansen bemerkte das allerdings nicht, denn er war mit der Gegend nicht vertraut. Sie durchfuhren Anklam, danach dirigierte Mühlfeld die Fuhre auf eine schmale Nebenstrecke. In einem kleinen Waldstück befahl er anzuhalten: „So, mein Freund. Hier ist die Fahrt für dich zu Ende. Aussteigen und Hände hinter den Kopf." Hansen begriff, dass jetzt alles möglich war. Auch sein viel zu frühes Lebensende. Er überlegte fieberhaft, wie er aus dieser misslichen Lage entkommen konnte. Mühlfeld war kein Greenhorn, das einfach zu überwältigen war. Also hieß es abzuwarten und auf eine günstige Chance zu hoffen.

Er hörte hinter sich ein Geräusch. „Umdrehen", befahl Mühlfeld, „nehmen sie den Kabelbinder und fesseln sie damit ihre Beine an den Baum." Hansen tat, was ihm befohlen wurde. „So jetzt mit dem Bauch auf die Erde legen und die Hände nach hinten ausstrecken. Hansen folgte wiederum der Weisung und spürte wenig später Handschellen zuschnappen.

„So, das sollte genügen", Mühlfeld schien mit seinem Werk noch nicht zufrieden zu sein. „Steh auf und hebe die Arme über den Kopf. Nachdem Hansen diese aufrechte Stellung eingenommen hatte, knotete Mühlfeld einen

Strick an die Handschellen, den er über einen Ast geworfen hatte. Jetzt konnte er Hansen daran so hochziehen, dass er gerade noch auf Zehenspitzen stehen konnte. Nun war sein Peiniger zufrieden. Hansen war gefesselt und konnte sich kaum bewegen. Zum Schluss steckte Mühlfeld ihm, noch einen Knebel in den Mund und sicherte diesen mit einem breiten Klebeband. Ohne ein weiteres Wort zu verlieren fuhr er mit quietschenden Reifen von dannen. Das müsste genügen, um ihm einen Vorsprung zu verschaffen, der ausreichte in Polen unterzutauchen.

Der war verschwunden. Hansen war das auch egal. Sein Interesse galt nicht Mühlfeld, sondern dem Frauenmörder. Aber wie konnte er sich losmachen. Pinkeln musste er außerdem. Ach egal, dann eben in die Hose. Hinter sich hörte er ein Geräusch. Kam sein Erlöser? Der erschien diesmal in Gestalt eines zwölfjährigen Jungen, der mit Fahrrad und Anhänger zum Angeln fuhr. Staunend und ängstlich zugleich hielt er an und überlegte, was er tun sollte. Hansen prustete durch den Knebel: „Pozei, isch Pozei!"

Der Junge schien plitsch zu sein. Er tat das einzig Richtige, indem er sein Handy nahm und seine Mutter anrief. Die wies ihn an, sich sofort nach Hause zu begeben, alarmierte aber auch die örtliche Polizei, die wenige Minuten später kam und Hansen aus seiner Notlage befreite. Hansen war kaum seine Fesseln los, da hielt er den Kollegen seinen Dienstausweis vor die Nase und raunzte sie an: „Ihr Handy bitte, ist beschlagnahmt." Auf keinen Fall wollte er, dass die darauf gespeicherten Fotos in unbefugte Hände gelangten. Über ihn sollte niemand lachen, das zumindest konnte er verhindern. Was er nicht wissen konnte war, dass die Aufnahmen bereits weitergeleitet worden waren und schon viele User erheitert hatten.

Mühlfeld war weg, untergetaucht. Den Polo fanden Jahre später Angler im Stettiner Haff.

12. Hahnenkämpfe

Hansen erreichte das Hotel erst am späten Abend. Der Portier empfing ihn mitfühlend: „N' Abend Herr Kommissar. War ein langer Tag, jetzt ab in die Koje und ausruhen."

Aber er konnte noch keine Ruhe finden. Der Tag hatte ihn über die Maßen strapaziert. So dass es selbst für einen hartgesottenen Kerl wie ihn zu viel war. Er ging an die Hotelbar und bestellte sich einen großen Whisky. Ohne Eis, nichts sollte das teure Gesöff verdünnen. Nicht ganz zufällig kam Ingrid Wahl durch die Tür. „Hallo Horst", rief sie ihm schon von weitem zu, „schön dass ich dich hier treffe. Ich bin zu neugierig auf das heutige Geschehen, als dass ich bis morgen warten mag."

Verdammt, der Whisky zeigte sofort eine enorme Wirkung. Hansen kannte das so nicht. War ja auch kein

Wunder, so fertig wie er war. Er gab der Anwältin einen Wink, sich an einen der freien Tische zu setzen. Sie rückte ihren Stuhl näher heran und schmiegte ihren Kopf an seine Schulter, und sagte mit belegter Stimme: „Du Ärmster, ich habe mir solche Sorgen gemacht. Ein Glück, dich wieder gesund bei mir zu wissen."

Hansen tat das gut. Er spürte die weichen Haare dieser schönen Frau und nahm ihren Geruch auf. Mein Gott, die riecht göttlich. Er wusste um seine Schwäche für den Geruch der Frauen. Der zeigte bei ihm mehr erotisierende Wirkung als deren Pos und Busen. Die Situation lief Gefahr, zu eskalieren. Hansen versuchte, sich dagegen zu wehren, indem er ihr eine peinliche Frage stellte: „Wie ist das neulich eigentlich ausgegangen, als dir ein Freier seine Liebesdienste gegen Bezahlung anbot?" Sie zuckte nicht mit einer Wimper, als sie ihm antwortete: „Ich bin deinem Rat gefolgt. Du hattest recht, es war überwältigend, was dieser Bursche draufhatte. Das sollte Frau sich schon mal leisten. Aber nicht öfter, einmal ist genug. Ich möchte Sex nicht von Liebe trennen."

Hansen hatte gehofft, dass ihn die Antwort auf seine Frage ernüchtern, vielleicht sogar abschrecken würde. Das genaue Gegenteil trat ein. Er wurde immer erregter. Leise flüsterte sie ihm ins Ohr: „Soll ich dir mehr verraten, dann komm mit auf mein Zimmer."

Der Morgen hat andere Wahrheiten als der Abend. Hansen rieb sich den Schlaf aus den Augen, erstaunt sah er Ingrids blonde Haare auf seinem Kopfkissen. Ihm dämmerte, was er in dieser Nacht erleben durfte. Es tat ihm zwar leid um seine Frau, aber er bereute keine Sekunde. Ingrid Wahl wurde wach und sah ihn neugierig an. Wie wird er sich verhalten. Vorsichtig fragte sie: „Na, Horst, geht es dir gut? Hast du gut geschlafen?"

Hansen stand wortlos auf und ging ins Bad. Die Dusche lief lange, er brauchte Zeit zum Überlegen. Als er im Bademantel aus dem Bad kam und er sie ansah, wusste sie Bescheid. „Schon gut, mein Lieber, das bleibt unter uns. Du kannst dich auf meine Diskretion verlassen." Und nach einer Weile mit einem traurigen Lächeln: „Wenigstens warst du nichts so teuer, ohne dass du schlechter gewesen wärst."

Das hatte gesessen. Hansen zog sich an und sagte im Hinausgehen: „Wir treffen uns heute um 10.00 Uhr beim Richter, um die Freilassung von Heinz Otto zu erwirken."

Hansen war gewöhnt, im Auto wichtige Telefonate zu führen. Das brachte sein Job einfach mit sich. Leider konnte er sich nicht an jedwede Form von Freisprecheinrichtungen gewöhnen. Beim Telefonieren musste er den Apparat in der Hand halten und in die Muschel sprechen. Anders ging das bei ihm mit der modernen Technik nicht. Diese Schrulle hatte ihn schon viel Geld gekostet. Wenn irgendwo die Einhaltung der Telefonvorschriften beim Führen eines KFZ kontrolliert wurde, war Hansen dran. Der Volvo besaß überhaupt keine Freisprecheinrichtung. Statt dessen konnte er ein

Headset nutzen. Das kam seinen Bedürfnissen schon näher. Immerhin hatte er so eine Art Telefon am Kopf. Das war besser als einen imaginären Apparat hinter der Sonnenblende zu vermuten.

Es dauerte nicht lange, als Hansen während der Fahrt zum Richter einen wichtigen Anruf erhielt. Die Quedlinburger Forensiker meldeten sich. Hansen freute sich in der Regel, wenn ihn diese blitzgescheiten Leute anriefen. Sie hatten nicht selten überraschende Einfälle, die die Ermittlungen wesentlich befruchteten. Hansen meldete sich und fragte launig: „Na, liebe Leichenfledderer, seid ihr wieder auf was Wichtiges gestoßen?"

„Das müssen sie schon selber bewerten, ich kann ihnen nur meine Entdeckung mitteilen", sagte der Gerichtsmediziner trocken wir ein Affenfurz.

Hansen: „Das macht mich neugierig. Erzählen sie schon!"

Der Gerichtsmediziner: „Ich habe nochmals die Lunge der Verstorbenen untersucht und bin dabei auf etwas Interessantes gestoßen."

Hansen schwieg.

Der Gerichtsmediziner: „Hallo Herr Kommissar, sind sie noch am Apparat?"

Hansen: „Ja wo denn sonst, mein Lieber. Also nun aber raus mit der Sprache."

Der Gerichtsmediziner: „Wir haben Asbestspuren in Verbindung mit einer Dichtungsmasse gefunden. Die Spuren sind schwach, aber für uns deutlich nachzuweisen."

„Das hört sich in der Tat interessant an", Hansen pfiff leise durch die Zähne. „Haben sie auch noch eine Idee für mich, woher diese Asbestpartikel stammen könnten?"

Der Gerichtsmediziner: „Lachen sie mich bitte nicht aus, aber ich habe tatsächlich eine begründete Vermutung. Wir besitzen einen Campingwohnwagen der Marke Queck aero aus der DDR. Darüber gibt es im Internet eine Diskussion, weil bei der Abdichtung der Leisten Kitt mit Asbest verbaut worden ist."

„Asbest in der DDR", Hansen wurde hellwach, „deshalb hat man ja auch den Palast der Republik abgerissen. Gemeingefährlich dieses Zeug."

„Das ist schon richtig", wand der Gerichtsmediziner ein, „aber Asbest wurde auch im Westen viel eingesetzt. Außerdem geht es hier ja nicht um einen Vergleich der Gesellschaftssysteme, sondern um die Aufdeckung eines Verbrechens. Der Asbestkitt richtet ja in den Wohnwagen keinen Schaden an, so lange man ihn nicht mit Sandpapier bearbeitet."

„Verstehe", Hansen bemerkte das typische Grummeln in seinem Bauch. Das war eine wichtige Spur. Jetzt musste schnell untersucht werden, ob die beiden Toten von Prerow auch diese Asbestpartikel in ihren

Atmungsorganen hatten. Wenn das kein Beweis für die Existenz eines Serienmörders war!

Hansen fuhr direkt zum Revier in Ribnitz, um diese sensationelle Neuigkeit mit Krüger zu besprechen. Der Richtertermin musste warten.

Zu seiner Überraschung war Krüger von Hansens Neuigkeit nicht beeindruckt. Er nahm die Fallakte zur Hand und blätterte darin: „Ja richtig, hier steht es im Gutachten der Rostocker Gerichtsmediziner. In beiden Mordopfern wurde Asbestpartikel entdeckt. Wir konnten nur deren Provenienz nicht feststellen. Oder, anders ausgedrückt, der Kollege Mühlfeld hat dieser Spur keine Bedeutung beigemessen."

Hansen war mit den Mordfällen besser vertraut als Krüger. Der hatte die Ermittlungsarbeit weitgehend Mühlfeld überlassen. Wie sich herausstellte, war das ein schwerwiegende Fehler gewesen. Doch Krüger war ein erfahrener Taktiker. Um sich keine Blöße zu geben, hielt er sich mit einer Interpretation der neuesten Erkenntnisse zurück. Stattdessen gab er den Ball an Hansen weiter: „Sie sind über den Harzer Fall besser informiert als ich. Können sie auf Grund der Gemeinsamkeit der Asbestspuren neue Erkenntnisse gewinnen?"

Hansen: „Das liegt ja wohl auf der Hand. Alle drei Mordopfer wurden von ein und demselben Täter in ein und demselben Wohnwagen der Marke Queck aero umgebracht. Unsere Suche muss sich ab sofort auf diesen Wohnwagen konzentrieren. Wer hat hier auf dem Darß und in Dankerode im Harz Wohnwagen dieses Typs gesehen. Darüber hinaus: Auf wessen Namen sind derartige Fahrzeuge zugelassen, nicht nur hier sondern deutschlandweit."

Diese dominante Rolle Hansens missfiel Krüger. Er setzte deshalb noch einen drauf: „Wer sagt uns denn, das der Besitzer dieses Wohnwagens ein Deutscher ist. Dänen und Holländer fahren diesen Typ auch heute noch gerne, weil er sehr billig war."

Von den Beiden unbemerkt hatte Ingrid Wahl das Dienstzimmer betreten und die Unterhaltung verfolgt. Jetzt hielt sie den Zeitpunkt für gekommen, um dem Hahnenkampf einen Dämpfer zu verpassen: „Bevor sie noch in Australien derartige Wohnwagen suchen, sollten sie mal die Zeltplatzbetreiber von Prerow und Dankerode befragen, welcher ihrer Gäste eine Quecki besitzt. Ich bin sicher, wir erfahren in kürzester Zeit, wonach wir gesucht haben."

Und als ob er nur auf sein Stichwort gewartet hätte, ertönte im Hintergrund Kommissar Heinz Ottos Stimme: „Das könnt ihr euch sparen. Fragt doch einfach mich. Ich kenne alle Quecki aero Besitzer unseres Campingplatzes."

„Nanu", Hansen dreht sich nach dem Rufer um, „du bist wohl schon wieder auf freiem Fuß. Wie ging denn das?"

Otto nicht ohne Stolz: „Das ist das Werk meiner wunderbaren Anwältin Frau Doktor Wahl. Das Gespräch beim Richter war eine reine Formaline. Ich konnte nach fünf Minuten das Gefängnis verlassen."

Hansen verkniff sich die Korrektur des Fremdwortes und drückte statt dessen Otto so kräftig die Hand, dass dieser vor Schmerz die Miene verzog.

„Is ja jut", stammelte Otto gerührt, „und schönen Dank auch für dein Engament. Ohne dich wäre ich wohl immer noch im Knast."

Krüger hatte die Szene ungerührt verfolgt, hielt es aber nunmehr für an der Zeit, die Regie zu übernehmen. Er wandte sich an Otto: „Vielen Dank, dass sie uns nichts nachtragen und uns sogar bei der Überführung des Täters helfen wollen. Wir dürfen aber nicht mit ihnen zusammenarbeiten, da sie, formal gesehen, immer noch verdächtigt sind."

„Meinetwegen, dann sage ich ihnen eben nicht, dass ich auf unserem Platz etwa 20 Quecki aero kenne." Otto kniff triumphierend das linke Auge zu. „Und ich verrate ihnen auch nicht, dass davon vier ein Harzer Kennzeichen haben."

Hansen wurde die Sache zu dumm: „Werter Kollege Krüger, wir wollen doch die Kirche im Dorf lassen. Nun sag schon, Heinz, wie heißen die vier Queckisten."

Aber Otto war nun doch beleidigt. Jetzt wollte er nicht. Wenigstens entschuldigen könnte sich der Krüger dafür, dass man ihn grundlos verdächtigt und inhaftiert hatte.

Doch Krüger wollte sich diese Blöße nicht geben. Er beendete die Beratung und fuhr schnurstracks zum Prerower Campingplatz. Der Betreiber war gerne bereit, die Ermittlungen zu unterstützen. In seinen gut strukturierten Unterlagen waren die Besitzer eines Queck aero schnell ermittelt. Vier davon hatten in der Tat ein Harzer Kennzeichen.

Hansen war Krüger gefolgt und warf nun einen neugierigen Blick auf die Namen. Sie sagten ihm auf Anhieb nichts. Der Name Volker Bratos fehlte auf der Liste. Der Betreiber zuckte nur mit den Schultern: „Tut mir leid, mehr weiß ich nicht."

„Aber ich", ertönte erneut die unerwartete Stimme Heinz Ottos, „der Wagen gehörte seiner Frau Irene Sommer. Sie hatte ja Bratos seinen Namen nicht angenommen. Der Wagen hat ein Rostocker Kennzeichen. Dort ist auch sein Winterquartier. Irene war nämlich Rostockerin. "

„Wo?", fragten Hansen und Krüger wie aus der Pistole geschossen. „Wo finden wir den Wagen?"

„Das weiß ich leider auch nicht", Otto hob bedauernd seine Hände.

„Dann wird es Zeit für eine gründliche Hausdurchsuchung bei Bratos" sagte Hansen. Wäre ja gelacht, wenn wir dort keine Beweise finden."

Hansen und Krüger bestanden darauf, bei der Untersuchung der Wohnung von Volker Bratos anwesend zu sein. Sie fuhren nicht zusammen, sondern jeder nahm seinen Wagen. Die Fahrt von Ribnitz nach Quedlinburg war lang, beide Autos nahmen den längeren aber schnelleren Weg über die Autobahn. Immer wieder gab es Tempolimits. Hansen gefiel das gar nicht. Schließlich besaß er den besseren und schnelleren Wagen. Sein Volvo, so schien ihm, war dem Opel Vectra Krügers weit überlegen. Er sagte grinsend zu Otto, der ihn auf der Fahrt begleitete: „Da wollen wir dem Krüger mal zeigen, wer hier das Tempo vorgibt." Was er nicht wusste, war, dass Krüger über einen leistungsstarken Sechszylinder mit Turboaufladung unter der Motorhaube verfügte, der gut 280 PS mobilisieren konnte.

Hansen fuhr anfangs hinter Krüger, aber gleich nach dem Erreichen der Rostocker Autobahn gab er Gas und zog spielend an Krüger vorbei. Der war zuerst amüsiert, bestand doch ein Tempolimit von 130 Km/h. Als sich Hansen aber immer weiter entfernte, ließ Krüger seine Pferdchen los. Sonorig brummend nahm der Turbomotor gerne diese Aufforderung an. Im Nu pendelte die Tachonadel bei 230 Km/h. Doch Hansen, der die Aktion im Rückspiegel verfolgte, steigerte nun ebenfalls die Geschwindigkeit von 160 auf über 200 Km/h.

Doch mit des Geschickes Mächten ist kein ew'ger Bund zu flechten und das Unglück schreitet schnell. Dieses Orakel aus Schillers Glocke erschien in Person eines Polizeibeamten, der dem Rennen der beiden Hitzköpfe am Rastplatz Wittstock ein Ende setzte. Ein ziviler Streifenwagen hatte das Geschehen über eine längere Distanz dokumentiert und den beiden Kampfhähnen wurden nun die vorschriftswidrigen Tatsachen vorgeführt.

„Eigentlich", sagte der Polizeibeamte in Zivil, „eigentlich müsste ich ihnen sofort die Führerscheine entziehen. Was sagen sie zu ihrem Verhalten?" Hansen hätte kotzen können. Dass ihm so was passieren musste. Er konnte nicht klar denken.

Aber Heinz Otto hatte einen Sensor für das Wort eigentlich. Eigentlich bedeutet in der Regel, dass die geforderte Maßnahme oder Entscheidung noch nicht endgültig war. Otto sprang deshalb für Hansen in die Bresche. „Eigentlich", sagte er, „eigentlich stehen ihnen drei Polizeihauptkommissare in Zivil gegenüber, die einen gefährlichen Serienmörder verfolgen. Da muss man auch mal Verständnis dafür haben. Oder etwa nicht?"

„Ne lass mal Herrmann", sprach einer der Kontrolleure den Wortführer an, „wenn das die Jungs sind, die dem Frauenmörder von Prerow das Handwerk legen wollen, lass sie mal fahren." Und nachdem Otto ihm seine Vermutung bestätigt hatte: „Aber das ist heute eine absolute Ausnahme. Ihr seid viel zu schnell gefahren, und auch ohne Sonderzeichen. Da hätte sonst was passieren können, das hätte mehr Tote kosten können als der Frauenmörder Opfer hatte."

„Danke Jungs", das war alles was Hansen über die spröden Lippen brachte. Dann fuhr er mit quietschenden Reifen davon. Und als Otto erschrocken aufschrie: „Na die müssen doch wirklich glauben, dass wir auf Mörderfangfahrt sind. Da kann ich doch keinen Seniorenbenzinsparstart hinlegen."

Die Beamten des Quedlinburger Reviers warteten schon vor dem Bratos Anwesen. Den Hausbesitzer hatten sie mitgebracht, er sollte der Durchsuchung beiwohnen.

Hansen stellte sich wenige Zentimeter breibeinig vor Volker Bratos auf und sah ihm fest in die Augen: „Sie können die Sache abkürzen, wenn sie uns verraten, wo ihr Wohnwagen zu finden ist."

Bratos zynisch: „Was geht sie mein Wohnwagen an, der ist doch einem Wessi wie sie nicht gut genug. Unser kleines DDR – Glück ist doch für sie zu banal."

Hansen ließ Bratos ohne zu antworten stehen und befahl: „Haus öffnen und durchsuchen. Und wenn ich durchsuchen sage, meine ich, dass jeder Quadratzentimeter inspiziert wird. Alles ist wichtig. Vor allem suchen wir nach Informationen, wo der Wohnwagen Queck aero untergestellt ist sowie nach Hinweisen, die den Tatverdächtigen des Mordes an drei Frauen überführen können."

Volker Bratos zeigte sich gelassen und arrogant. Demonstrativ blieb er in der offenen Haustür stehen und behinderte so die Beamten, die Kartons mit Untersuchungsmaterialien zu den Fahrzeugen trugen.

Hansen sah sich derweil auf dem Grundstück um. Es war eines von zahlreichen Fachwerkhöfen, die den Reiz der alten Stadt mit prägten. Hansen hatte diese urbane Schönheit in sein Hanseatenherz geschlossen und konnte schon recht gut die Qualität der Sanierungsarbeiten einschätzen. Dieses Anwesen war noch im Renovierungsprozess. Das Vorderhaus war schon weitgehend saniert worden. Auf dem recht geräumigen Grundstück befanden sich einige Gebäude, die noch der denkmalpflegerischen Hand bedurften. Ein Nachbar lugte neugierig über die meterhohe Trennmauer aus großen Sandsteinen. Er sprach Hansen an: „Was issen da los. Hat der Volker was verbrochen?"

Hansen wollte nicht stur sein, antwortete aber ausweichend: „Das wollen wir mal nicht hoffen. Wir sind noch im Prozess der Beweisaufnahme. Ist ihnen denn was Verdächtiges aufgefallen?" Der Nachbar zögerte mit seiner Antwort. Hansen musterte unverhohlen den etwa vierzigjährigen Mann. Er trug einen billigen Jogginganzug mit zahllosen Fettflecken. Unrasiert und ungekämmt war er kein Aushängeschild für das Niveau der Stadt mit einem UNESCO Weltkulturerbe Status. Man kann fraglos eine alte Stadt renovieren, ihre Bürger aber nicht. Das müssen die schon selber tun. Vielleicht sollte man ein

Förderprogramm initiieren, das verlorene Zuschüsse für das adrette Aussehen der Einwohner vergibt. Der Nachbar, als ob er Gedanken lesen konnte, war nun so weit, dass er auf Hansens Frage antworten konnte: „Man will ja kanen anschaßen. Aber mir ist schon merkwürdig vorgekommen, dass der so schnelle sanieren konnte. Da muss ville Geld jeflossen san. Der muss jute Freunde ba de Baubecon haben. Unseraner kuckt da ja inne Röhre."

Hansen schüttelte es immer wieder, wenn er den Ur-Quedlinburger sprechen hörte. Er würde sich wohl nie daran gewöhnen, dass die statt *ei* immer *a* sagten. Er gönnte sich aber den Spaß und korrigierte den Mann: „Es heißt nicht Schaße, sondern Scheiße. Könnt ihr euch den nicht mal ein bisschen ändern? Und seid nicht so gehässig. Fördermittel kriegen doch alle, da seid ihr doch gleich."

„Anige sind aber glacher", rülpste der Nachbar zurück, „das maste Jeld kriegen doch die, die schon am masten haben. Die Baubecon ist doch ein korrupter Haufen. Bratos kennt eben die richtigen Leute, aner wie ich kuckt immer inne Röhre."

Hansen wurde das Gespräch zu dumm. Er sagte: „Hier ist meine Karte, wenn ihnen noch was einfallen sollte – anrufen." Er ging zu Krüger und fragte: „Schon was Aufschlussreiches gefunden?" Krüger verneinte, worauf Hansen sich in seinen Volvo setzte und ins Revier düste. Er hatte noch immer nicht den Bericht des Rechtsmediziners gründlich gelesen. Der Kampf um die

Befreiung Ottos hatte seine Aufmerksamkeit voll gefordert. Jetzt also gründlich ansehen. Er stutzte als er las „…..im Körper der Toten wurden deutliche Spuren von Benzodiazepinen gefunden." Mein Gott, also KO Tropfen wurden verwendet! Hansen rief umgehend Ingrid Wahl an und bat sie, in den Berichten über die Toten von Prerow nach dieser Angabe zu suchen. Ingrid Wahl musste lachen: „Aber das kann ich dir auch so sagen. Die Antwort heißt ja! In beiden Fällen wurden KO Tropfen eingesetzt."

Das war der letzte noch fehlende Stein des Puzzles. Vor Hansen lag die Klärung des Falls klar wie eine helle, gut beleuchtete Straße. Er nahm sich einen Notizblock und schrieb:

Alle drei Morde sind vom selben Täter verübt worden. Beweis:

1. Alle drei Frauen hatten Asbestpartikel im Körper, die von einem Queck aero stammten
2. Alle drei Opfer wurden auf die gleiche bestialische Weise umgebracht
3. Der Fundort der Leichen war in allen drei Fällen nicht der Tatort. Tatort war vermutlich der Wohnwagen des Mörders
4. Alle drei Frauen waren vom gleichen Typ. Alter, Haarfarbe, Figur glichen sich
5. Alle drei Opfer wurden mit KO Tropfen betäubt, missbraucht und verstümmelt

6. Noch offen ist der Nachweis, dass der Täter an seinen Schuhen Erde oder anderes Material von allen drei Fundorten hat. Dazu Hausdurchsuchung auswerten

7. Der Wohnwagen muss der Tatort sein. Sein Auffinden hat jetzt Vorrang

Hansen war so in seine Überlegungen vertieft, dass er das Klopfen an seiner Bürotür überhörte. Hauptkommissar Krüger öffnete die Tür. Hansen ranzte ihn an: „Wieso haben sie nicht die Spur von den KO Tropfen verfolgt? Nun reden sie sich nicht raus, dass Mühlfeld diesen Fall bearbeitet hatte. Einen Fall mit dieser Bedeutung überlässt man nicht vollständig einem Subalternen. Sie haben hier eindeutig geschlampt und versagt, lieber Kollege."

Dessen war Krüger sich bewusst. Er war deshalb um Schadensbegrenzung bemüht: „Ich gebe ihnen ja Recht. Aber es bringt uns jetzt auch nicht voran, wenn wir uns gegenseitig des Versagens beschuldigen. Lassen sie uns nach vorn sehen und unsere Kräfte vereinen."

„Einverstanden", Hansen streckte ihm die Hand hin, „ich finde es gut, dass sie so viel Mumm haben ihre Fehler einzugestehen. Im Grunde ist der Fall ja fast abgeschlossen. Wir haben den Täter und ausreichend Indizien und Beweise für seine Verurteilung." Und nachdem er Krüger einen Kaffee angeboten hatte:

„Sie haben doch vorhin an der Hausdurchsuchung teilgenommen. Was ist dabei rausgekommen?"

Krüger: „Auf den ersten Blick nicht viel. Wir haben einige Paar Schuhe sichergestellt. Sie werden auf Tatortspuren untersucht."

Hansen: „Und keine Hinweise auf den Campingwagen. Keinen Schriftverkehr mit dem Stellplatzvermieter, keine Mietverträge, keine Reparaturrechnungen vom Wagen?"

Krüger: „Bisher noch nicht. Die Unterlagen werden aber vorrangig ausgewertet, hoffentlich finden wir Spuren, die zum Korpus Delikti führen"

Hansen und Krüger beschlossen, gemeinsam nach Prerow zu fahren, und dort weiter nach dem Campingwagen zu recherchieren. Diesmal verzichteten sie auf ein Rennen der Eitelkeiten und erreichten so zügig und entspannt ihr Ziel.

Auf dem Campingplatz wurden sie schon von Heinz Otto erwartet. Er hatte seine wichtigste Miene aufgesetzt, als er die beiden Hauptkommissare begrüßte: „Es gibt Neuigkeiten, meine Herren, Neuigkeiten von großer Tragweite. Heinz Otto war nicht untätig und hat so manches herausgefunden."

Hansen war von diesen Spielchen genervt. Er kannte das schon und ließ Otto seine Freiräume. Aber hier und jetzt war dafür weder Zeit noch Raum. Er raunzte

Otto an: „Nun mach dich mal nicht so wichtig, was hast du Neues , rede schon."

Otto wusste, wann der gehorchen musste. Er berichtete deshalb ohne Punkt und Komma, was er Neues ermittelt hatte. Krüger nahm das hin, obwohl er Otto das eigentlich verboten hatte. Denn noch gehörte er zu den Tatverdächtigen.

Otto erzählte: „Ich bin auf einen Campingfreund gestoßen, der den Queck von Bratos mal repariert hatte. Dafür waren sie in seine Werkstatt nach Gelbensande gefahren. Dort soll Bratos auch einen Stellplatz in einer Scheune gemietet haben."

Krüger pfiff durch die Zähne: „ Das ist in der Tat eine wichtige Info. Weiß der Mann nicht Näheres zum Standort des Anhängers?"

„Das ist es ja gerade", Otto hob entschuldigend die Arme, „ er kennt den Platz, wir waren ja dort, aber der Wagen steht da nicht. Schließlich sind wir in der Saison, da stehen die Wagen nicht im Stall, sondern sind unterwegs."

Hansen: „Bratos aber nicht, der sitzt in U- Haft. Sein Wagen muss irgendwo stehen."

Er wurde vom Telefon unterbrochen: „Er war schon im Begriff den Anrufer abzuwimmeln, als er plötzlich aufmerksam wurde. Er sagte: „Moment bitte mal", und hielt den Apparat zu, „ da ist der Nachbar. Der faselt was von einem Wohnwagen." Und wieder zu dem Anrufer: „Danke für den Hinweis. Bitte bleiben sie in ihrem Haus, meine Quedlinburger Beamten sind sofort bei ihnen."

13. Perversion und Wahnsinn

Der Chef des Quedlinburger Polizeireviers leitete persönlich die Einsatzgruppe, um von Bratos Nachbarn die neuen Beobachtungen zu erfahren. Der Mann wartete schon vor seinem Haus auf die Beamten.

Der Revierleiter sprach den Mann freundlich an, obwohl ihn dessen schmuddeliges Aussehen ankotzte. Er war schon seit 10 Jahren in Quedlinburg, stammte aber aus Braunlage im Harz. Er konnte bisher keinen Frieden mit seinem neuen Arbeitsstandort schließen. Das umso weniger, da seine Familie es abgelehnt hatte, in den Osten zu ziehen. Seine Frau war begeisterte Reiterin und spielte noch lieber Tennis. Die Leute tuschelten schon lange, dass sie sowohl mit dem Reittrainer als auch mit dem Tennislehrer Affären hatte. Das war wohl auch der wichtigste Grund, weshalb sie nicht von Braunlage wegziehen wollte. So blieb dem Revierleiter nichts weiter übrig, als zwischen Braunlage und Quedlinburg zu pendeln. Da sein Dienst keine täglichen Heimfahrten von 100 km duldete, hatte er sich in Quedlinburg eine kleine Wohnung gemietet. Diese befand sich zufällig nur einen Steinwurf entfernt von Bratos Haus. Deshalb war ihm der

Nachbar auch gut bekannt, was ihm zu einem freundlichen Empfang verhalf.

Der Revierleiter reagierte darauf sehr reserviert und sprach den Mann betont förmlich an: „Wir haben gehört, dass sie wichtige Neuigkeiten über Vorgänge auf ihrem Nachbargrundstück besitzen. Bitte, ich höre."

Nun war der Nachbar zwar nicht der sauberste Mann Quedlinburgs, der dümmste aber auch nicht. Die abweisende Begrüßung verärgerte ihn. Er zog eine beleidigte Schnute und sagte erst mal gar nichts. Einer der Polizisten bemerkte die eingetrübte Stimmung. Er kannte den Nachbarn und sprach ihm ins Gewissen: „Nun komm schon, erzähle uns, was du gesehen hast. Oder willst du eine Anzeige wegen unterlassener Hilfe bei der Verfolgung eines Mörders bekommen."

Das war neu für den Nachbarn, denn er wusste noch nichts vom Mordverdacht gegen Bratos. Er ließ sich deshalb nicht länger bitten und begann zu reden: „Also ich sitze so auf manen Balkon. Da sehe ich auf dem Grundstück von Bratos anen Wohnwagen stehen. So anen aus der DDR mit spitzem Vordertal. Wenig später erschant Bratos und verkauft dem Typen den Anhänger. Der hat den aber nicht glach mitgenommen, sondern im Stall an der Schlossmauer untergestellt."

Der Revierleiter schaltete sich ein: „Können sie sagen, wann das war?" Der Nachbar kratzte sich ungeniert an den Eiern: Ich mane, dat war etwa Fratag vor aner Woche."

Krüger: Kennen sie den Käufer, oder können sie ihn beschreiben?"

Der Nachbar: „Ne, kenn ich nich. Aber sane Autonummer hab ich mich gemerkt. Hier uff dem Zettel habe ich sie." Er buchstabierte: „WR PK 011."

Krüger hatte die Nummer unmittelbar an sein Revier zur Halterfeststellung gemailt. Jetzt ging er raschen Schrittes zum Schuppen, um den Campinganhänger zu beschlagnahmen. Aber der Wagen war nicht mehr dort. Sein Telefon klingelte. Seine Sekretärin nannte den Namen und die Wohnanschrift des Käufers. Es war eine Blankenburger Adresse. Krüger fuhr unverzüglich mit einem Streifenwagen und zwei Beamten nach Blankenburg. Er drosch den alten Streifenwagen mit Höchsttempo über die neue B6 in das kleine Städtchen am nördlichen Harzrand. Er hatte kein Auge für die Ruine der Sandsteinburg Regenstein, die dem Städtchen eine überregionale Bekanntheit verschaffte. In den Sandstein gearbeitet und in einen steilen Felsen verankert war sie im Mittelalter eine kaum zu erobernde Festung. Von hier aus unternahmen die Regensteiner Raubritter ihre Beutezüge und so mancher Händler bezahlte deren Überfälle nicht nur mit seinem Vermögen, sondern auch mit seinem Leben.

Krüger raste im hohen Tempo durch die engen Straßen Blankenburgs und brachte den Wagen schließlich mit quietschenden Bremsen auf dem Hof der Domäne, eines alten Gebäudekomplexes im Stadtzentrum zum Stehen.

Einige Männer, deren Beruf unschwer an ihrer Zimmermannskleidung zu erkennen war, sahen sich erschrocken um. Krüger sprach sie barsch an: „Wem gehört der Wohnwagen, sind sie die Eigentümer?"

Ein zwei Meter Zimmermann beugte sich zum mittelgroßen Krüger hinunter und fragte genervt: „Wer will denn das wissen?"

Krüger hielt ihm seinen Dienstausweis vor die Nase: „Kriminalhauptkommissar Krüger will das wissen. Und nun zügig, wenn ich bitten darf, sonst nehme ich sie allesamt mit aufs Revier,. Dann ist es nichts mit dem frischen Feierabendbier."

Der Riese hob beschwichtigend seine großen Planken: „Schon gut, das Wägelchen gehört mir. Was soll denn damit sein, habe ich was Unrechtes getan?"

Krüger: „Der Wagen ist als Tatwerkzeug von drei Frauenworden beschlagnahmt. Bitte händigen sie mir alle Schlüssel aus."

Der Riese geriet in Rage: „Verdammt, ich will damit morgen in Urlaub fahren, an den Ballaton, wenn ihnen das was sagt."

Krüger: „Das können sie vergessen. Der Wagen wird gründlich untersucht, das kann mehrere Wochen dauern. Tut mir leid, aber es geht nicht anders."

Der Zimmermann schimpfte wie ein Rohrspatz, aber Krüger ließ sich davon nicht aufhalten. Krüger forderte ihn laut auf, den Standort des Campingwagens nennen. „Na, der steht doch in Quedlinburg, auf dem Hof von Bratos", erklärte der Zimmermann genervt.

Krüger: „Da ist er eben nicht. Wenn sie mir nicht helfen wollen, nehme ich sie mit ins Revier. Da unterhalten wir uns weiter. Wenn es sein muss bis ihr Urlaub zu Ende ist."

Wutschnaubend befahl er seinen Polizisten: „Dieser Mann wird sofort vorläufig festgenommen, wegen des Verdachts der Beteiligung von einem oder mehreren Tötungsdelikten. Beziehungsweise der Verschleierung schwerwiegenden Verbrechen."

Dem Zimmermann brannten seine Sicherungen durch. Er packte den ersten Polizisten, der ihn festnehmen wollte, am Kragen, hob ihn wie eine Feder in die Höhe und schmiss ihn auf das harte Pflaster. Die anderen Polizisten blieben in respektvoller Distanz zum gewalttätigen Riesen stehen. Krüger platzte der Geduldsfaden. Er zog die Pistole und feuerte einen Warnschuss ab: „Der nächste Schuss wird sie unschädlich machen, wenn sie nicht sofort ihren Widertand gegen die Staatsgewalt unterlassen."

Der Warnschuss verfehlte seine Wirkung nicht. Der Riese versprach, sich zu beherrschen. Aber Krüger hatte leider nicht bedacht, dass in einem engbebauten Altstadthof ein Warnschuss nicht unkontrolliert abgefeuert werde darf. Die Kugel seines Revolvers durchschlug ein Hausfenster und zerstörte ein wertvolles LED Fernsehgerät. Doch davon bekam Krüger nichts mit. Er fuhr ins Revier, um den Besitzes des Wohnwagens zu verhören.

Hansen fuhr immer schnell. Ganz egal, ob er es eilig hatte oder nicht. Jetzt aber war er in Eile. Sein leistungsstarker Volvo nahm die linke Spur unter die Räder, und jedesmal, wenn ihn ein anderes Fahrzeug behinderte, drückte Hansen die Hupe. Er war auf dem Weg nach Quedlinburg, um die Früchte seiner Bemühungen zu ernten. Auf keinen Fall durfte Krüger sich des Erfolges rühmen. Der Sieg hat viele Väter, die Niederlage aber ist eine Waise . Diesen Spruch Kennedys kannte er nur zu gut. Als er seinen Volvo mit knisternden Motor auf dem Hof des Quedlinburger Reviers abstellte, hatte er sein Flensburger Konto mit weiteren 4 Punkten gefüllt. Noch ein Punkt, und die Fleppen waren weg.

Aber das wusste Hansen in diesem Augenblick noch nicht. Er nahm die wenigen Stufen zum Quedlinburger Polizeirevier mit einem Satz und stürmte in den Verhörraum. Wie er vermutet hatte, war Krüger nicht untätig gewesen. Er saß mit einem großen Kerl am Tisch, einem Zimmermann, wie Hansen an dessen Kleidung erkannte. Hansen nahm dieses Vorpreschen Krügers nicht widerstandslos hin. Das war sein Revier, hier hatte er Hausrecht. Deshalb winkte er Krüger nach draußen. Hier stelle er ihn zur Rede, weil er die Zeugenvernehmung ohne sein Beisein durchführte. Krüger verzichtete auf Widerstand, entschuldiget sich aber auch nicht für seinen Alleingang. Hansen ließ sich schnell den Stand der Ermittlungen beschreiben und übernahm danach die Regie. Doch auch ihm gelang es nicht, vom Zimmermann den Standort des Wohnwagens zu erfahren. Der wiederholte stereotyp, dass er Wohnwagen gestohlen worden sei und er nicht wüsste, wo man ihn finden kann. Hansen setzte deshalb den Wohnwagen zur Fahndung aus.

Dann kam der Augenblick, auf den Hansen schon seit Wochen gewartet hatte. Er befahl, Volker Bratos ins Verhörzimmer zu bringen. Schweigend saßen sich die beiden Männer gegenüber. Wer hatte die besseren Nerven und würde die Stille beenden?

Hansen schwieg, aber sein Gehirn arbeitete auf Hochtouren. Wie konnte er Bratos in eine Falle locken, welche Verhörtaktik musste er anwenden? Ein leichter Brocken war hier nicht zu schlucken. Bratos wirkte äußerlich ruhig. Er sah an Hansen vorbei und fixierte ein Bild. Es gefiel ihm gut. Dargestellt wurde der Quedlinburger Schlossberg im Winter. Dem Künstler war es gelungen, eine gute Plastizität der Darstellung zu erreichen, indem er den steil aufragenden Berg mit den Gebäuden des früheren Stiftes aus einer tiefen Perspektive zeichnete.

Bratos konnte aus der Entfernung von zwei Metern den Namen des Malers nur mühsam entziffern. Er kannte ihn nicht, und konnte sich auch nicht mehr seinen Gedanken hingeben, denn Hansen unterbrach abrupt das Schweigen. Er setzte sich rücklings auf seinen Stuhl und sagte ruhig und jedes Wort sorgfältig artikulierend: „Herr Bratos, ihre Frau ist vor wenigen Wochen an Brustkrebs gestorben. Ihr wurde die linke Brust amputiert. Ist das der Grund, weshalb sie ihren Opfern die linke Brust abschneiden?"

Während er sprach, hatte Hansen Bratos genau beobachtet. Bei der Erwähnung seiner Frau war er ungerührt geblieben. Als Hansen jedoch von der Brustamputation sprach, begann sein rechtes Auge zu blinzeln. Auf und nieder ging das Augenlid. Er konnte es nicht ruhig stellen. Hansen ließ seine Worte wirken. Er blieb minutenlang rücklings auf seinem Stuhl sitzen und schaute an Bratos vorbei, erfasste aber jede Regung seines Kontrahenten aus den geschulten Augenwinkeln.

Dann unterbrach Hansen erneut das Schweigen: „Ist es so, Herr Bratos, wie ich es gesagt habe. Sie haben die drei Frauen ermordet und verstümmelt, weil sie ihrer Frau ähnelten und weil sie sich im Unterschied zu ihrer verstorbenen Frau, ihres Lebens freuen konnten."

Bratos blieb still. Dann sagte er lapidar: „Ich bestehe auf die Anwesenheit meines Anwaltes."

Hansen rief den Diensthabenden und ließ Bratos wieder in dessen Zelle bringen. Krüger hatte das Verhör vom Nebenraum durch die Spiegelglasscheibe verfolgt. Er kam fragenden Gesichtes auf Hansen zu: „Na, wie meinen sie, war er es, haben wir den Richtigen?"

„Absolut", Hansen schlug zur Bestätigung seiner Worte mit der Faust auf den Tisch. „Er war es, ich konnte das genau an seinen Reaktionen sehen. Außerdem haben wir Beweise und Indizien genug, um ihn dem Richter übergeben zu können. Die letzten Bausteine wird uns der Wohnwagen bieten. Wenn wir ihn denn finden."

Krüger griff das Telefon und wählte eine interne Nummer. Er fragte: „Habt ihr schon Hinweise, wo der Wagen ist?" Er lauschte gespannt, dann sagte er: „Okay, und danke." Erleichtert setzte er sich neben Hansen an den Verhörtisch: „Wir haben den Wagen. Unsere Pressetante hat einen Rundruf über regionale Radiosender organisiert. Wir haben daraufhin einige Anrufe erhalten, einer war zielführend. Der Wagen befindet sich auf dem Grund des Bremer Teiches im Harz. Campingfreunde haben ihn beim Tauchen entdeckt. Er muss dort schon seit einigen Tagen liegen. Kollegen des THW und der Feuerwehr sind gerade dabei, das Fahrzeug an Land zu ziehen."

„Warum sollte der Zimmermann den Wagen erst kaufen, und ihn dann versenken", Hansen war ratlos. „Das macht doch für mich keinen Sinn."

Krüger: „Es sei denn, ich bin der Mörder und will ein Beweismittel verschwinden lassen."

Hansen wusste darauf nichts zu sagen. Verdammt, wenn die drei Morde nun doch nicht auf das Konto von Bratos gingen? Sie mussten   warten, bis der Wohnwagen gründlich untersucht worden war.

Der nächste Tag ist klüger, so sagt man. Darauf hatten auch Hansen und Krüger gesetzt. Pünktlich um 9.00 Uhr reichte der Leiter der KTU den Bericht über die Untersuchung des Wohnwagens rein. Zwanzig eng beschriebene Seiten. Hansen stöhnte auf: „Nun sag schon, habt ihr Spuren von den Frauen gefunden?" Der Techniker antwortete: „Ja, Spuren wie Fingerabdrücke konnten wir trotz des Wasserschadens bestimmen. Darunter auch die Fingerabdrücke der drei getöteten Frauen."

„Und Blutspuren?", Hansen sagte das fast flehentlich, „habt ihr die auch gefunden? Wenn er die Frauen in dem Wagen getötet hat, müssten dort auch Blutspuren sein. Das war so viel Blut, das kann er nicht spurlos wegwaschen."

„Blutspuren gab es nur im geringen Maße", der Techniker sagte das mit Bedauern, „wie man Spuren hinterlässt, wenn man sich mal in den Finger schneidet. Aber kein Ausmaß wie beim Erstechen und Verstümmeln von Frauen. Das ist nicht in diesem Wohnwagen passiert."

„Verdammt", Hansen war nicht amüsiert", da fangen wir ja wieder von vorne an. Wenn nicht im Wagen, wo sonst wurden die drei Frauen getötet?"

Krüger hatte sich die ganze Zeit im Hintergrund ruhig verhalten. Er wollte Hansens Triumph nicht stören. Jetzt witterte er seine Chance. Hansen hatte sich festgefahren. Krügers Zeit war angebrochen. Er stand auf und dozierte: „Was wissen wir über den Wohnwagen und die Frauen? Wir wissen erstens dass alle drei im Wohnwagen waren. Sie hatten dort Spuren ihrer Finger hinterlassen und haben Asbest des Wagens in ihren Körpern. Wir wissen weiter, das alle drei mit KO Tropfen außer Gefecht gesetzt worden sind. Das aber kann überall passiert sein, Spuren der Tropfen konnten im Wagen nicht nachgewiesen werden."

Hansen war der Rede Krügers wütend gefolgt. Er roch den Braten, Krüger wolle ihn beiseiteschieben. Verdammt nochmal, wo lag der Schlüssel des Falles? Für ihn bestand kein Zweifel, Bratos war der Mörder. Er nahm sein Sakko und wandte sich zur Tür. Knurrend gab er das Ziel seines Aufbruches an: „Muss mir den Wagen mal selber ansehen. Wo steht der?"

Der Techniker antwortete: „Wir haben ihn in der Magdeburger Straße von Quedlinburg abgestellt, Dort hat ein junger Meister eine KFZ Werkstatt eröffnet und vermietet Stellflächen in seiner großen Halle."

Hansen zu dem Techniker: „Sie kommen mit, zeigen sie mir bitte das Objekt vor Ort."

Hansen begrüßte den jungen Meister freundlich. Sie kannten sich, er hatte auch die Pflege von Hansens Volvo übernommen. Früher war hier das Quedlinburger BMW Autohaus. Doch die Marke BMW war per se kein Garant für geschäftlichen Erfolg. Jetzt nutze ein junger engagierter Mann das große Anwesen. Hansen wünschte ihm dabei viel fortune.

Der Wohnwagen stand noch in einer großen Pfütze. Das Wasser des Teiches floss nur langsam ab. Hansen öffnete die Wagentür und schaute hinein. Nichts Auffälliges. Der Techniker konnte sich das Gähnen nicht verkneifen. Er hatte die Nacht durchgearbeitet, um den Bericht fertigzustellen. Hansen konnte auch nicht mehr finden. Da konnte er noch so lange in den Wagen glotzen.

Hansen ging nun um den Wagen herum: „Normalerwiese haben diese Campinghänger doch Vorzelte." Heinz Otto nickte. Als Campingspezialist fiel die Frage in sein Ressort.

Hansen: „Und wo ist das Vorzelt dieses Exemplars? Sie haben doch hoffentlich nicht das Vorzelt bei ihrer Untersuchung vergessen?"

Der Techniker wurde rot: „Da war kein Vorzelt, wir haben demnach auch keins untersucht."

Heinz Otto erwiderte: „Aber sicher hat der Wagen von Volker Bratos ein Vorzelt. Hier ober sind die Führungsschienen, da wurde es angedockt."

Hansen klopfte Otto anerkennend auf die Schulter: „Wo sind die Taucher, hole mir sofort die Taucher."

Der Einsatzleiter der Tauchgruppe kam nach kurzer Zeit. Hansen wiederholte seine Frage. Der Taucher holte seine Unterwasser Kamera und untersuchte mit Hansen die Videoaufnahme nach Spuren des Vorzeltes. Während sie konzentriert den Bildschirm anstarrten, hatte Heinz Otto den Campinganhänger näher in Augenschein genommen. Er schüttelte dabei immer wieder mit dem Kopf und lief endlich zu Hansen. „Was ist", Hansen sah in fragend an, „hast du was Interessanten entdeckt?" Otto räusperte sich: „Das kann ich wohl sagen. Der Wohnwagen gehört nicht Bratos. Ich erkenne das an den Einbauschränken. Wir waren ja damals alle neidisch, dass Bratos die Exportausführung in des NSW bekam. Diese Ausführung hatte Echtholzfurnier. Die für die DDR bestimmten Exemplare dagegen nur Sprelarcart.

Hansen war sauer: „Verdammt, warum hat das keiner bemerkt. Ist denn niemand auf die Idee gekommen, die Fahrzeugnummer mit dem KFZ Register zu vergleichen?" Und nach einer kleinen Atempause: „Bin ich denn nur noch von Idioten umgeben? Los Heinz, eruiere doch bitte, wem dieses Fahrzeug gehört."

Heinz Otto war von dem Befehl verunsichert. Er hatte keine höhere Schulbildung und hasste Fremdwörter. Er mochte das aber nicht zugeben, sondern tat in der Regel so, als hätte er alles verstanden. Von hintenrum versuchte er dann rauszukriegen, was das fremde Wort bedeuten könnte. Er kratzte sich deshalb am Kopf und sagte zu Hansen: „Ich weiß nicht, ob der Eigentümer dieses Wagens sich ruiniert hatte, ist das überhaupt für unsere Ermittlungen von Toleranz?"

Hansen kannte diese Fremdwortschwäche Ottos. Er korrigierte ihn deshalb freundlich: „Du meinst wohl Relevanz. Das ist was anders als Tolevanz. Und mit eruieren meine ich nicht, dass der Eigentümer Pleite ist, sondern dass du den Besitzer ermitteln sollst."

„Aha", in Ottos Kopf wurde eine Idee geboren. „Wenn eruieren ermitteln bedeutet, könnten wir doch über unsere Arbeit sagen, dass wir eruieren, also ermitteln."

Hansen nickte teilnahmslos mit dem Kopf: „Könnte man schon, aber ermitteln ist schon okay, sonst nennen uns die Leute noch Eruierer, und das ist mir zu dicht am Onanierer."

Otto hatte das schon wieder nicht verstanden, beließ es aber dabei und rief lieber in der Zulassungsstelle an, um den Halter des geborgenen Wagens zu ermitteln. Es dauerte keine zehn Minuten, bis er die Auskunft bekam, dass dieses Fahrzeug auf einen Lehrer aus Harzgerode zugelassen war. Hansen nahm die Information dankend zur Kenntnis. Aber diese Spur war uninteressant. Bedauerlich für den Lehrer, dass jemand seine Wagen versenkt hatte, aber für seine Mordermittlungen ohne Bedeutung. Später stellte sich heraus, dass eine Gruppe von Harzgeröder Schülern das Fahrzeug versenkt hatte. Einfach deshalb, weil sie gewettet hatten, wie lange es dauern würde, bis der Wagen abgesoffen war.

Hansen bekam Hunger. Er lud Otto zu einem kleinen Imbiss im Restaurant des Zeltplatzes ein. Der Wirt hatte das Geschehen aufmerksam verfolgt. Jetzt, da Gelegenheit war, den bekannten Kommissar kennenzulernen, hielt es ihn nicht mehr hinter seiner Theke. Er kam an Hansens Tisch und nahm dessen Bestellung auf. Sehr zum Ärger seiner Kellnerin, die diesen schmucken Kripobeamten gerne bedient hätte. Der Wirt schrieb Hansens Bestellung rasch in seinen Block, ging dann aber nicht zur Küche, um den Auftrag zu vergeben, sondern blieb neben Hansen stehen. „Was suchen denn ihre Leute hier?", fragte er neugierig. „Hansen antworte wahrheitsgemäß: „Wir suchen den Queck aero von Bratos. Wissen sie vielleicht, wo der abgeblieben ist?"

„Ach so, den blauen Quecki", sagte der Wirt gedehnt, „was waren wir neidisch, als Bratos dieses schmucke Wägelchen aufbaute. Sie müssen wissen, Wohnwagen waren in der DDR Mangelware. Man musste viele Jahre warten, bis man einen bekam. Bratos hatte seinen Wagen anfangs bei mir aufgebaut. Er war hier Dauercamper, wenn sie wissen was ich meine."

Hansen ging das Quatschen auf die Nerven. Er wollte den lästigen Wirt loswerden und wandte sich demonstrativ dem servierten Essen zu. Der Wirt verstand aber dieses Zeichen nicht, sondern nahm sogar an Hansens Tisch Platz und redete ungeniert weiter, obwohl Hansen sein Essen in Ruhe einnehmen wollte. Damit überstrapazierte er Hansens Geduld. Der stand ruckartig auf, nahm seinen Teller und knallte ihn an die Wand. Der Wirt reagierte fassungslos. Damit hatte er nicht gerechnet. Er sagte: „Hat es ihnen nicht geschmeckt?" Hansen reagierte ironisch: „Das müssen sie doch besser als ich wissen. Das schmeckt natürlich nicht, aber ich hätte es ohne ihre verbalen Attacken noch runtergekriegt. Aber beides verträgt mein Magen nicht."

Der Wirt verstand erst jetzt, warum Hansen so reagiert hatte. Er stammelte: „Entschuldigung, ich wollte doch nur helfen. Der blaue Quecki von Bratos steht übrigens zur Zeit auf dem Gelände der Werkstatt für Denkmalpflege in Ditfurt. Ich habe ihn gestern dort gesehen. Habe mich noch gewundert, dass der jetzt, wo doch Saison ist, nicht unterwegs ist."

Hansen zuckte zusammen, als hätte er ein Starkstromkabel angefasst. „Los Heinz", rief er Kommissar Otto zu, „fahre mich unverzüglich zu dieser Firma." Otto war dieser Befehl gar nicht recht. „Er grummelte: „Wenigstens aufessen muss man wohl noch dürfen." Hansen drehte sich nicht einmal nach dem Meuterer um: „Sei froh, dass ich dich daran hindere diesen Fraß auch noch aufzuessen. Dein Magen wird es mir danken."

Ottos Magen wurde aber doch noch einer zusätzlichen Belastungsprobe unterzogen. Denn Hansen raste die kurvenreiche Strecke in so einem hohen Tempo, dass Ottos Magen überlief. Er konnte gerade noch sein Autofenster runterfahren, als sich sein Magen leerte.

In Ditfurt fanden sie den gesuchten Camper friedlich in der Sommersonne stehen. So, als sei er nicht der meistgesuchte Wohnwagen Deutschlands. Hansen riss die Tür auf, da näherte sich ein etwa sechzigjähriger Mann. „Is'n hier los?", schnauzte er, „wie kommen sie dazu, sich an fremdes Agentum zu vergrafen." Mein Gott, Hansen graute es, schon wieder ein Harzer mit ei – Fehler. Er schnauzte zurück: „Und wer sind sie, dass sie sich in ane Amtshandlung anmischen? Ich bin Kriminal-hauptkommissar Hansen. Und das ist der Tatort von mehreren Frauenmorden. Der Wagen ist beschlagnahmt. Was haben sie damit zu tun?"

„Ich bin hier der Hausmaster", antwortete erschrocken der Gescholtene. Schorschi unser Zimmermann hat mich gebeten, den Wagen gründlich zu ranigen."

Hansen: „Und haben sie ihn geranigt?"

Pförtner: „Nan, bin noch nicht dazu gekommen."

Hansen: „Das ist auch gut so, bitte lassen sie die Finger von diesem Wagen. Schließen sie ihn ab und händigen sie mir bitte alle Schlüssel aus."

Hansen rief umgehend die Spurensicherung an und beauftragte sie, den nunmehr hoffentlich richtigen Tatort zu untersuchen.

14. Die Schuld

Hansen wusste leider, wie viele andere Männer seines Alters auch, dass sein Schlafbedürfnis nachließ. Oder besser gesagt, er hätte gerne so tief und lange geschlafen wie früher, konnte es aber nicht mehr. Das sollte mit dem Schlafhormonen zusammenhängen. Hansen waren diese medizinischen Erklärungen lästig. Wenn es so ist, dass alte Männer schlechter schlafen können als junge, dann ist das eben so, Punkt.

An diesem Morgen hatte er seit vier Uhr wach gelegen und immer wieder über den Serienmörder machgedacht. Warum macht ein Mann so was? Und dann noch so ein kluger und m materiell sehr gut dastehender Mann wie Bratos. Ist es tatsächlich so, wie manche Wissenschaftler behaupten, dass in jedem von uns ein potentieller Mörder steckt? Und die Masse diesem Naturdrang nur nicht nachgibt?

Hansen musste nun doch lächeln. Er könnte tatsächlich den einen oder anderen mit Keule, Lanze oder Schwert ins Jenseits befördern. Im 21. Jahrhundert gäbe es sogar noch subtilere Methoden. Gift war ein solches Mittel. Womit er wieder bei Bratos und den KO Tropfen angekommen war. Endlich sechs Uhr. Er konnte aufstehen und Frühstück machen.

Conny freute sich wie an jedem Morgen, dass er den Frühstückstisch deckte. Sie kam strahlend in die Küche und setzte sich im Nachthemd an den gedeckten Tisch. Hansen hatte immer noch ein schlechtes Gewissen wegen der Nacht mit Ingrid Wahl. Er hatte Conny nichts davon gesagt, dadurch wurde nichts besser. Er konnte eben nicht aus seiner Haut. Es war seine Art zu leben und zu lieben. Hätte er ihr diese Affäre gebeichtet, hätte er versprechen müssen, dass so etwas nicht wieder vorkommt. Aber das konnte und wollte er nicht. Deshalb hielt er lieber die Klappe.

Beim Frühstück wurde wenig gesprochen. Hansen war in Gedanken schon beim Verhör von Bratos. Sobald die Ergebnisse der Untersuchung des echten Wohnwagen vorlagen, wollte er ihn sich vorknöpfen. Gegen 7. 30 Uhr klingelte sein Handy. Der Leiter der KTU war am Apparat. Hansen sagte nur: „Und?" Die Antwort war kurz und knapp: „Yes, wir haben ihn. Der Wagen ist unser wichtigster Zeuge. Wir haben Blut aller drei Frauen gefunden, auch Spuren der KO Tropfen und jede Menge Fingerabdrücke der Opfer."

Hansen hätte sich eigentlich über diese Nachricht freuen müssen. Aber wie so oft in seiner Karriere als Mordermittler bewirkte die Gewissheit, den wahren Täter dingfest machen zu können, bei ihm eher ein Gefühl der Müdigkeit und Enttäuschung. Müdigkeit, weil dieser Minute des Erfolges größte Anstrengungen vorausgegangen waren. Enttäuschung, weil er wieder in die Abgründe der menschlichen Kreatur sehen musste. Es war auch Resignation, die ihn befiel. Er konnte noch so hart arbeiten, Serienmörder konnte er nicht verhindern, keiner konnte das.

Er konnte sich nicht mehr so Recht über das gemeinsame Frühstück mit Frau und Sohn freuen und fuhr früher als notwendig ins Revier. Gegen 9.00 Uhr erwartete er den Kriminal Psychologen, um das Verhör von Volker Bratos vorzubereiten. Pünktlich nahm er an Hansens Schreibtisch Platz.

Als versierter Spezialist kannte sich mit der Psyche von Serienmördern aus. Er erläuterte Hansen dass die Ursachen für Serienmörder vor allem in der Kindheit zu suchen sind. Demütigungen und Liebesentzug durch die Mutter prägten das spätere Leben dieser Menschen und bewirkten, dass sie sich an Stelle der Mutter an unschuldigen Frauen rächen. Hinzu kommt, nach neueren Forschungen, dass Serienmörder oftmals einen größeren vorderen Gehirnlappen haben, wodurch sie zu einer verstärkten Aggressivität neigen können.

Hansen hörte diese psychologischen Auffassungen nicht zum ersten Mal. Ihm gefiel das nicht. Und er sagte das auch geradeheraus: „Bei dem Verdächtigen handelt es sich in der Tat um einen Mann, der von seiner Mutter grob vernachlässigt worden ist. Sein kranker Bruder hat die ganze Liebe der Mutter beansprucht und erhalten. Deshalb muss er aber keine Frauen abschlachten. Wenn ich ihren Gedanken folgen soll, heißt das doch nichts anderes, als dass Serienmörder nicht schuldfähig sind, weil die Ursachen für ihre Brutalität in einem zu großen Gehirnlappen und in einer kindesfeindlichen Mutter liegen. Also bestrafen wir doch besser die Mutter, oder den Vater, der die Mutter mit dem Sohn alleine ließ."

Der Psychologe kannte den provokanten Stil Hansens schon und ließ sich davon nicht aus der Reserve locken. Er sagte ruhig: „ Wir wissen beide, dass ich den Täter nicht entschuldigen möchte, schon gar nicht will ich dessen Schuld anderen auferlegen. Aber das Gericht wird mich bei der Urteilsfindung fragen, und ich werde meinen wissenschaftlichen Standpunkt dort wiederholen."

„Ist schon okay", Hansen nickte seinem Gesprächspartner wohlwollend zu, „sie bleiben bitte hier hinter der Spiegelscheibe und verfolgen das Verhör. Ich werde das Thema Frauen und Mütter beiläufig ansprechen. Wenn ich den Satz sage

‚was halten sie von Frauen',

kommen sie bitte rein und setzen sich auf den Stuhl in der Ecke. Sie können dann nach eigenem Ermessen in das Verhör eingreifen. Wir wollen versuchen, dieses vermurkste Gehirn zu öffnen."

Hansen war nun bereit für das Verhör. Bratos hatte im Verhörzimmer zwei Stunden warten müssen, ohne Essen und Trinken, ohne Zeitschriften, Fernseher, Musik oder andere Ablenkungen. Er sollte über sich nachdenken. Hansen legte Wert darauf, mit Bratos allein zu sprechen. Er war der Herr der Situation.

Hansen nahm seinen gewohnten Platz am Verhörtisch ein, rücklings auf dem Stuhl sitzend. Freundlich fragte er: „Kann ich ihnen was anbieten, ein Wasser vielleicht oder eine Tasse Kaffee. Bratos horchte auf. Er entschied sich für eine Tasse Kaffee. Hansen überhörte diesen Wunsch. Das war Teil seiner Verhörtaktik. Er hoffte, so das Selbstwertgefühl seiner Mandanten zu kränken, sie zu verunsichern. Hansen wechselte nun den Tonfall. Er sprach hart und laut: „Herr Bratos, wir haben alle notwendigen Beweise dafür, dass sie zwei Frauen in Prerow und eine Frau in Dankerode ermordet haben. Gestehen sie ihre Verbrechen. Ich kann ihnen bei einem Geständnis keine Strafminderung versprechen, sie könnten dadurch aber ihr Gewissen erleichtern. Reden sie mit mir, Mann!"

Stille.

Bratos saß erstarrt wie eine Salzsäule. Er sah an Hansen vorbei auf das Bild vom Quedlinburger Schlossberg. Hansen ließ eine viertel Stunde verstreichen. Dann setzte er das Verhör fort.

Hansen: „Der erste Beweis ihrer Schuld ist ihr Wohnwagen. Dort haben wir die Blutspuren der getöteten Frauen gefunden. Das bedeutet, dass sie die Frauen in den Wagen geholt und dort erstochen und verstümmelt haben. Geben sie das zu"!

Bratos reagiert nicht.

Hansen: „Also gut, dann mache ich weiter. Der zweite Beweis ihrer Schuld sind die KO Tropfen. Wir haben sie in ihrem Wagen gefunden. Damit haben sie die Frauen hilflos gemacht, um sie dann in den Wagen zu verfrachten. Geben sie das zu.

Bratos reagiert nicht.

Hansen: „Es gibt mehrere Zeugen, die sie mit diesen Frauen gesehen haben. Bevor sie sie ermordeten. Sie haben sich das Vertrauen dieser Frauen erschlichen, um sie später umzubringen. Abscheulich.

Hansen erwartete keine Antwort auf seine Fragen und setzte die Beweisführung fort: „Ein wichtiges Zeichen ihrer Anwesenheit an den Fundorten der Leichen sind die an ihren Schuhen gefundenen Bodenreste von Prerow und Dankerode. Auch haben wir in Prerow am Fundort der Leiche einen Teil ihres Kontoauszuges gefunden. Der beweist, dass sie dort waren. Wir können also nachweisen, dass Spuren von ihnen an den Tatorten der Verbrechen und an den Fundorten der Opfer existierten. Das vervollständigt das Bild ihrer Täterschaft."

Hansen machte eine Pause um Bratos Gelegenheit zum Sprechen zu bieten. Der aber schwieg.

Dann sagte Hansen ganz nebenbei: „Was halten sie eigentlich von Frauen?"

Bratos zuckte zusammen: „Wenn sie es genau wissen wollen, gar nichts halte ich von dieser Untergruppe des homo sapiens. Oder kennen sie einen echten Mann, der mit Wattebüscheln zwischen den Zehen auf dem Teppich hockt und sich die Fußnägel lackiert? Das kriegen nur Frauen fertig, so blöd wie die sind."

Wie verabredet kam der Polizeipsychologe und setzte sich auf den verabredeten Platz. Bratos irritierte dessen Erscheinen. Er schwieg wieder. Der Psychologe sagte in die Stille des Verhörzimmers: „Frauen sind unsere Mütter und die Mütter unserer Kinder."

Mehr sagte er nicht. Bratos lief rot an: „Wir Männer haben den Frauen diesen elementaren Teil der Familie aus Bequemlichkeit und kampflos überlassen. Die Frauen taugen nur zur Gebärung der Kinder. Mehr nicht. Die Erziehung muss der Mann übernehmen."

Der Psychologe stand wortlos auf und verließ den Raum. Hansen folgte ihm. Hansen blickte den Berater fragend an: „Was sagen sie nun? Ist der Mann noch bei Sinnen?"

Der Psychologe antwortete ruhig: „Natürlich ist der Mann noch bei Sinnen. Er ist voll schuldfähig. Er muss verurteilt und weggesperrt werden. Damit er nicht weiter tötet. Denn aus freien Stücken damit aufzuhören, liegt nicht in seiner Macht."

Hansen ging wieder in das Verhörzimmer. Er stellte sich vor Bratos. Er war eine imponierende männliche Erscheinung, deren Wirkung nicht nur Frauen, sondern auch Männer beeindruckte „Kommen wir nun zum Motiv für die Verbrechen. Sie leiden unter einem psychischen Schaden, der in ihrer Kindheit und Jugend durch den Liebesentzug ihrer Mutter entstand. Mit anderen Worten, sie hassen Frauen, weil sie ihre Mutter hassen. Sie haben sich an diesen Frauen für die Gefühlskälte ihrer Mutter und den frühen Tod ihrer Ehefrau rächen wollen. Das war ein zwanghaftes Verlangen, dem sie nicht widerstehen konnten. Die Verstümmelung dieser Frauen, das Abschneiden der Brust, all das sollten diese Unschuldigen genauso erleiden wie ihre kranke Frau."

Nach einer kleinen Pause fuhr Hansen fort: „ Sie sind eine Gefahr für die Menschheit und müssen in Verwahrung genommen werden. Damit sie nicht weiter und immer weiter Frauen töten. Denn deren Gefährdung beruht auf deren Ähnlichkeit mit ihrer Frau. Sie können nicht ertragen, dass Frauen, die ihrer toten Frau ähneln, am Leben und glücklich sind."

Hansen beobachtete, ob seine Darstellungen Wirkung bei Bratos hinterließen. Der zeigte in der Tat eine Reaktion. Er lehnte sich zurück, legte die Hände hinter seinen Kopf und sagte: „Bringen sie mich hier weg. Ich will mir ihre Unterstellungen nicht länger anhören. Das ist alles erlogen und erfunden. Sie können mir Nichts beweisen."

Nun stand Hansen auf und sagte: „Herr Bratos, sie wollen nicht gestehen. Ich beende damit das Verhör. Wir haben erdrückende Beweise ihrer Schuld. Es wird Sache des Gerichtes sein, sie zu verurteilen."

Hansen drückte den Klingelknopf. Der Wachhabende erschien. Hansen deutete auf Bratos. Abführen. In die Zelle mit diesem Mann."

Hansen nahm sich die Freiheit, schon um 12.00 Uhr, also lange vor Dienstschluss, das Revier hinter sich zu lassen. Er brauchte jetzt die Welt der Pflanzen und Tiere, des Windes und der Sonne. Was er in den nächsten Stunden nicht benötigte, waren Menschen. Er wollte eine Menschenpause.

Vor dem Revier parkte seine neueste Errungenschaft. Er brauchte keine Tür zu öffnen, sondern konnte mit einem großen Schritt den Fahrersitz seines Cabrios einnehmen. Liebevoll, fast zärtlich streichelte er das Lederlenkrad seines Golf 1 Cabrios. Der Wagen war als einer der ersten von den Bändern gerollt. Seine Freunde lästerten, weil er für den Vortrieb lächerliche 72 PS aufbringen konnte, was gerade mal für 150 Sachen genügte. Und der Spitzname erst, Erdbeerkörbchen. Wegen des Überrollbügels. Einfach lächerlich, dieser Wagen passte so wenig zu dem PS Junkie Hansen wie ein Esel zu einem mittelalterlichen Ritter.

Hansen interessierte das alles nicht. Er hatte sich sofort in dieses Auto verliebt, als es auf den Markt kam. Es war sozusagen seine motorische Jugendliebe. Doch an einen Kauf war nicht zu denken. Er kam aus einfachen Verhältnissen, da war dieses Fahrzeug nicht zu bezahlen. Er startete den Motor, leise röchelnd nahm der 1,5 Liter Vierzylinder seine Arbeit auf. Das Viergangetriebe hakte etwas, was solls, nobody is perfect.

Hansen gab Gas, fuhr langsam, fast behutsam an und trat sofort wieder auf die Bremse, ohne eine Schrecksekunde zu benötigen. Keinen Augenblick zu früh, denn vor ihm stand Ole, sein Junge.

Treuherzig schnüffelte er an seinem Lieblingsstofftier, einem süßen Hasen. „Ole, was machts du denn hier, wo ist die Mami?", polterte Hansen. Worauf Ole nicht antworten konnte, denn er war zu sehr mit seinem Schnüffeltier beschäftigt. An seiner Stelle antwortete Cornelia, die ganz außer Atem, um die Hausecke bog. „Ja da bist du ja, du darfst doch nicht einfach wegrennen", schnauzte sie Ole an.

Jetzt schien es Ole doch an der Zeit zu sein, seine Forderung zu äußern: „Will mit Papi mitfahren, im Kabinjet." Es war zu herzerweichen schön. Hansen konnte diese Bitte nicht ausschlagen. Er stieg aus, nahm seinen Jungen auf den Arm und setzte ihn auf die hintere Sitzbank. Conny blickte ihn fragend an, er nickte zustimmend. Und schon war die kleine Familie komplett in Papas Jugendliebe versammelt.

Hansen, der keine Kosten gespart hatte, musste mit ansehen, wie Ole die sauteuren roten Ledersitze mit Schokoladeneis bekleckerte. Da er wusste, dass jede Art von Einflussnahme auf die Sabbereien seines Sohnes erfolglos bleien würde, ersparte er sich, Ole zu ermahnen. „So ist das Leben", murmelte er, „wo Sonne scheint da ist auch Regen".

„Was sagts du", seine Frau hatte ihn nicht verstanden. „Nichts weiter", murmelte Hansen wieder und hielt vor der Villa seiner Frau an, „so, jetzt alle aussteigen, Papa hat heute seine menschenlose Zeit. Das betrifft alle Menschen, auch seine Lieblingsmenschen."

„Och nö", quengelte seine Frau, „jetzt in echt. Das kannst du doch dem Jungen nicht antun."

Hansen wollte sich beherrschen, konnte es aber nicht. Er zeigte Conny seinen rechten Mittelfinger und rauschte davon. Er war wohl in seiner eigenen Lebensplanung noch unterwegs.

Alles wurde immer dichter und enger. Ihm wurde die Luft knapp.

Er musste einfach mal raus. Wenn es ging, nicht nur für ein paar Stunden.

Wohin, wusste er noch nicht. Vielleicht doch wieder nach Hause?

Oder auch nicht?

Sein Handy klingelte. Ingrid Wahl wollte ihn sprechen. Nein, nein, Hansen schüttelte den Kopf.

Hauptkommissar Hansen war an diesem Tag für keinen zu sprechen. Mochte sie noch so hübsche Beine haben.

- ENDE –